俳人曽良の生涯

高西桃三

芦書房

俳人曽良の生涯

目次

◉諏訪高島城

徳川家康の十一人の男児のうち、三男、秀忠が徳川の家督を継ぎ、江戸公儀（幕府）の将軍になった。六男、忠輝《ただてる》が高田藩六十万石、九男、義直《よしなお》が尾張藩五十三万石、十男、頼宣《よりのぶ》が紀州藩五十五万石、そして、十一男、頼房《よりふさ》が水戸藩三十五万石に封ぜられた。藩政の安泰な義直、頼宣、頼房にくらべ、忠輝は、元和元年（一六一五）、二十四歳（数え年）のとき、大阪夏の陣における怠戦に加え、将軍、秀忠に仕える旗本を誅殺したことを咎められ、家康に勘当されて、高田から深谷に閑居させられ、次いで、藤岡に移された。忠輝は、謹慎中、家康の病気見舞いに岡崎を訪れたが、面会が許されないうちに家康は没した。その後、忠輝は秀忠により改易され、高田藩の所領は没収されて、伊勢朝熊《あさま》鳥羽《とば》城主、九鬼守隆《くきもりたか》にお預けの身となった。忠輝は、さらに、飛騨高山城主、金森重頼《しげより》を経て、最後は、諏訪高島城主、諏訪頼水《よりみず》に預けられ、三百人扶持、金子毎年五百両に減封されている。ときに、忠輝三十五歳であった。

忠輝が高島城へ預けられて二十一年が過ぎ、諏訪家も二代藩主、忠恒《ただつね》の時代になっていた。初秋のある日、忠輝の家老久世半左衛門が本丸を訪ねた折に、藩主忠恒が問いかけた。「半左衛門殿、南の丸の殿が御公儀のお計らいでこの高島城へお越しになってから久しいのう。お越しになられたのは、父、頼水公の時代であったよなあ……」

「当地諏訪へ忠輝様公がお見えになったのが寛永三年（一六二六）でありましたから、二廻り近くになります。武芸の道に秀でておいでの我が殿も当地でお暮らしのうちにすっかり文人になられ、西の光悦、東の忠輝との噂が立っておられるそうで御座います」

「茶道ばかりでなく、金春流《こんぱるりゅう》の能舞いも殿中で競うものはおらぬそうですな……。ところで、半左衛門殿、南の丸での行儀見習いの娘、妙《たえ》のことだが……」

「はい、なにか御座いましたか」

「なかなかのできた娘とかで、南の丸の殿もお気に入りと訊いておるが……しかし、そろそろ閑《ひま》を取らせる頃ではなかろうか」

「殿への尽くしようは万全で御座いますので、今少し続けさせたい所存です。家内とも相談の上、取り計らいます」

飛騨高山から諏訪高島城へ忠輝が転封されてこの方、行儀見習いとして城へ勤める町方の娘の中から、忠輝の身の回りの世話をする侍女が選ばれていた。召し抱える娘のなかで、諏訪藩御用の造り酒屋「銭屋」、河西嘉衛門の二女、妙の心の籠もった世話ぶりに満足していた忠輝の意向が手に取るようにわかる半左衛門であったが、敢えて忠輝に問いかけるのであった。

「殿のお気に入りの娘ではありましょうが、行儀見習いが修了しましたので、そろそろ閑を取らせたいと存じます」

忠輝は即座に、

「今少し、手元においてはおけまいか……」

「お察し申し上げますが、忠恒殿の御心遣いもお考えになって下さい。伊勢朝熊、飛騨高山へのお預けの頃にくらべ、諏訪へ参られてからは、御公儀から殿への御沙汰は緩やかになってあります。これ、偏《ひとえ》に、諏訪公が、殿と従者、奉公人、さらに、近隣との関係を慮《おもんぱか》られ、御公儀からのお咎めのないように心掛けておいでだからです」

「有り難いお計らいではある……わしも心を決めねばなるまいな……、それにしても、ここ二、三日、顔を見せない妙が待ち遠しいのう」

夜も更けて亥の刻（午後十時）、忠輝の傍から辞する妙に向かって、

「近々、家へ帰るそうだな。私としてはお前を手放したくないのだが、お城の仕来《しき》たりで如何ともならぬようだ」

「殿さまにお会いできない生活など考えられません……そうなったら、死んだ方がましで御座

います」

「なにを言うか、妙、若いお前には前途がある。半左衛門の奥方の口利きで嫁ぎ先も決まったとか……」

妙の体温をひとしきり回想しつつ、忠輝は眼を閉じて妙との数々の場面を偲ぶのであった。

◉岩波庄右衛門正字《まさたか》の誕生

妙は城を辞して一ケ月足らずの秋中頃に町方年寄、小平右衛門の世話により高野七兵衛の後妻となり、傍目には幸福な生活を送っていた。子を授かるのも早く、翌夏の終わりに男子を出産した。亡き前妻との間に十歳年上の女子、理鏡《りきょう》がいたものの、男子のいなかった七兵衛の喜びは大きかった。出生児は与左衛門と名づけられ、半左衛門の奥方を通じお城への報告があった。ただ、七兵衛の悩みは妙が月足らずの子を出産したことであった。この件で妙を責めるのはお世話戴いた忠輝公、延いては諏訪の殿様に楯を突くことになる。熟慮の結果、次善の策へ落ち着いた。諏訪地方の町家には複数の男児が恵まれると、家督を継ぐのは末子に任せ、長兄は別家を立てる習いがあるので、次男が生まれたら外へ出してもおかしくないと考えた。

一方、忠輝は妙の河西家への嫁入り、男子出生の経過を聴いていたが、出生児の生まれ月を知ってから、高野七兵衛と同じ思いに突き当たるのであった。

（妙は思慮深い女で、間違いのないように務めていた筈だが、万が一ということもある。この土地の風習とはいえ、長男を養子に出そうとするところをみると、わたしの想像するところかもしれぬ）

と質す忠輝に半左衛門は、

「如何に思う。半左衛門」

「殿、そのことをお口になさってはなりません。過ぎたことは時世に任せましょう。妙とても、一切、伏せております」

忠輝は来し方を辿《たど》り、複雑な思いに浸るのであった。大阪夏の陣の後、家康に勘当されたのを機に、別居させられて仙台藩へ帰国した正妻の五郎八《いろは》姫との間に子息はなく、侍女の竹の局に産ませた徳松丸は公儀に知られるところとなり、母親と一緒に岩槻藩へお預けの身となったが、忠輝が諏訪へ移された年に、母親の絡んだ事件が原因で自害してしまった。その後、諏訪に来てから、忠輝は家臣の伊藤弥次衛門の娘に男児を出産させたが、公儀の意向を恐れ、村井宮内右衛門の養子に出されてしまった。忠輝はやり切れない思いで、

「九太夫《くだゆう》と云ったな……弥次衛門の娘は。生まれた子は、もう、私の手の届かぬところへ行ってしもうた……今度こそどうにかならぬかのう……」

「折角、殿の御謹慎ぶりを御公儀に認めて戴いておる現在、誤解を招くような噂が立ちますと、これまでの御努力が水の泡になります。どうぞ、お控え下さいまし」

翌々年、高野家に次男、五左衛門が生まれ、与左衛門は、妙の実家河西家へ預けられた後、

妙の姉、静《しず》の嫁ぎ先の岩波久右衛門のところへ養子縁組みに出された。二歳で岩波家へ引き取られた与左衛門は、静の愛情を十分に受けて順調に育っていった。生みの親の妙と会うこともなく、静伯母を実の母と信じ、穏やかな毎日を送っていた。

城中の忠輝は岩波家へ養子に出された男児のことが気がかりで、ことある毎に漏らすのであった。

「与左衛門というか。会って見たいものじゃ」

晩春の長閑な日なか、静と与左衛門の親子が諏訪湖に小舟を浮かべ、釣りに興じているときであった。城の遊覧舟が彼方から近づき、従者が、殿さまのお通りだから控えろ、と告げる。

静は畏《かしこ》まって、

「申し訳ありません。愚息の遊びに見とれて、大変失礼しました」

そのとき、忠輝が顔を出し、

「子供に罪はない。思う存分遊ばせてやりなさい。それにしても、利発そうな子じゃな。顔を上げなさい」

六十二歳の忠輝が声をかけると、五歳の与左衛門が緊張した面持ちで忠輝に視線を送る。

「素直な目をしておる。志を高く持ち、多くを学び、立派に成人するのじゃぞ」

畏まって与左衛門と静の両人が頭を下げているうちに舟は過ぎて行く。しばらくあって、忠輝は半左衛門の耳元に手をかざし、小声で話しかける。

「思う通りであった。妙にも似ておるが、頬のあたりはわしにそっくりではないか。わしに似ず、美男に育って欲しいものじゃ」

忠輝は、城に帰ってからも、湖上でのひと時を思い出し、微笑みながら、与左衛門への面会を諦めて暮らす妙の気持ちを推し測るのであった。

それからというもの、忠輝の与左衛門に対する関心は格別で、将来、武士としての生業《なりわい》にも堪えるようにと、亡くなった諏訪頼水公夫人の菩提寺、貞松院《ていしょういん》の住職に与左衛門の勉学、武道の習得を扶《たす》けるよう取り計らうのであった。それに答えて、与左衛門は一里近くある山道を通い、住職のもとで、辰の中刻（午前八時）から巳の下刻（午前十一時）までは学問に励み、その後、未の上刻（午後一時）から申の下刻（午後五時）近くまで、武道の道に勤《いそ》しむのであった。読み書きの習得から始め、四書五経を暗記するまで進歩し、剣術、槍術、さらに弓術にも少なからぬ成果をあげたのである。

十二歳になったとき、与左衛門は養父（伯父）と養母（伯母）が相次いで死去する不幸に見舞われた。これを機に、与左衛門は貞松院において忠輝の家臣、勘定役、長谷川庄右衛門および林正林の立ち会いのもとに元服し、名前を庄右衛門正字《まさたか》と改め、忠輝公の居所、諏訪城、南の丸に顔を出すようになった。庄右衛門は長谷川の庄右衛門から、正字は正林の正から着想した。

元服に際し、忠輝は、自己の元服にあたって父、家康から下賜された、葵の紋入りの小刀を正字に与え、

「これは私が元服したとき、父から賜った品じゃ。心が挫けるようなことがあったら、取り出して、身を引き締めるがよい」

「と申しますと、権現様から賜《たまわ》った品で御座いますか……」

「そうじゃ。大切にしてくれ」


独り残された正字を城中に引き取りかねない勢いの忠輝を見て、家老、半左衛門は、改めて忠輝に謹慎の立場を説き、行き過ぎのないように諌めるのであった。忠輝は思案に暮れ、既に正字の出生の事情を承知している城主、忠恒公に話を持ちかけると、

「諏訪にいる限り正字殿は町民として暮らさなければなりません。思い切って、諏訪を離れ、いずれかの武家の養子となって、行く末を図るのが良策ではないでしょうか」

忠恒公も同じ考えであることが判り、忠輝は意を強くして、

「成る程、名案ですな……武士となるからには、武芸の心得も必要となりますな……」

と、相槌を打つのであった。

早速、長谷川庄右衛門に命じて、正字に乗馬の手解《てほど》きを試みると、忠輝譲りの運動神経の故か、正字の上達は著しかった。

忠輝は機を見て正字の乗馬の練習場に現れ、駆け比べをしてみないかと持ちかけ、わざと負けてみせ、

「なかなかなものじゃ……私も歳をとったでのう」

と、喜ぶのであった。

子供には難しかろうと思いながら、弓術、剣術の手解きも試みると、正字は、嬉々として励み、瞬く間に腕を上げるのを見て忠輝は思うのであった。

(弓術の上達の早いのは、血統かもしれぬ。父上、家康公も、私も弓は得意であった)

さらに驚くべきことは、正字の歩行能力であった。忠輝が正字に話しかけることがあった。

「湖の周りを散策しておるそうじゃな」

諏訪湖の周囲は三里近くある。

「はい、先日、お城近くから西回りで小坂観音院を通り、天竜川を横切った後、東へ返し、諏訪下大社にお参りしてからお城へ戻りましたので、とうとう、湖を一周してしまいました」

「大層な散歩じゃな。どの位かかったかな」

「明け七つの終わりから出発しまして暮れ六つを過ぎる頃に帰ってきました」

「子供の足でよくそこまで歩けるのう……」

これまでに成長した正字を見て、そろそろ他藩へ出して修行させる時期と考えた忠輝は、家

康の異母兄弟の血統筋に当たる伊勢長島の久松松平康尚《やすなお》（良尚）公のところへ預けることを提案した。江戸本所にある諏訪家の上屋敷の通りを隔てた近くに伊勢長島の松平佐渡守の上屋敷があって両家は懇意な間柄であった。これが縁で、諏訪忠恒の意向を携えた半左衛門が久松松平家に懇願した結果、長島の久松松平康尚の家臣、河合源右衛門長征へ正字を養子縁組みする目安がつき、ひと先ず、正字を伊勢長島の大智院住職、良成のもとへ預けることに取り決めた。

十二歳の正字は長島への旅に先立ち、高島城、南の丸へ呼ばれ、忠輝と対面して馳走を給わった。

「庄右衛門正字、気の毒なことに、お前は独り身になってしまった。こうなれば、諏訪にいて町人として生きるより長島へ行き、武家の養子となって松平康尚公に仕えるがよかろう。勉学に励み、よき藩士となるのじゃぞ……。長旅には、勘定役の林正林を付き添わせよう」

「有り難う御座います。殿様の御恩は決して忘れません」

忠輝は感慨深く、正字を見つめ、送り出すのであった。

◉岩波庄右衛門正字から河合惣五郎正字へ

上諏訪の高島城から湖岸を南へ進んで有賀峠に至る。一休みした正字は、振り返りざま、彼方に全容を現した諏訪湖と高島城を望み、故郷との別れに目頭が熱くなるのであった。

有賀峠から諏訪城を望む

十二歳の正字のこととあって旅の疲れを心配したが、歩行力は林正林より秀でているようであった。峠を下ってから伊那街道へ入り、出発してから三日目に飯田城下に到着した。飯田から根羽、足助《あすけ》を経て岡崎に至り、東海道を上って宮に着く。この地から桑名行きの七里の渡しに乗り、木曽川と揖斐川に挟まれた長島で途中下船した。短時間の体験ではあったが、旅路の終わりに渡し船の中で見た、白波の立つ伊勢湾の風景は正字にとって初めて見る海であり、新たな感慨を覚えるのであった。五日間の旅で、正字と林正林の一行は、無事、長島に到着した。

「今日の昼食の後、貴殿を大智院の良成殿へお渡しして私の役目は終わります。これからの修行の先々、いろいろあるでしょうが、どうぞ、体に気をつけて下さい」

「長い間、お世話になりました。当地で気持ちを新たにして学問の道に励む所存です。忠輝公によろしくお伝え下さい」

大智院住職の良成に迎え入れられた正字には寺の一室が与えられ、武士としての将来に向けた勉学に励むことになった。古事記、日本書紀等の歴史書をはじめ、万葉集、古今集、新古今集等、さらに、漢文で書かれた、論語、孟子から律令集の延喜式に至るまで、幅の広い勉学が正字に課せられた。

「和尚様、どうして漢文書まで学ばねばならないのですか」

正字が尋ねると、良成和尚は、

「あなたには、将来、神道家になって長島松平家に仕官して戴きたいのです。江戸公儀の神道家、吉川惟足《きっかわこれたる》先生のお目に留まれればよろしいのですが……」

正字は、吉川惟足門下で久松松平家に仕官している小寺五郎左衛門の指導を受け、延喜式をはじめ、神道家に必要な知識を学ぶこととなった。期待を持たれていることを知った正字は意を強くして勉学に励むのであった。

十八歳の誕生日を迎えると、良成和尚と懇意の医者、長与正以《まさもと》の世話により正字は河合源右衛門長政の養子となり、河合惣五郎正字と名乗った。この頃になると、正字は神道家としての素質が認められてお城への出頭が適《かな》い、藩主康尚と面談する機会にも恵まれた。

「貴殿のことは、諏訪公から拝聴しております……神道家を志しておるようだが、頑張って下さい。さしあたっては、小寺五郎左衛門の補助役として城へ出頭するように……」

「有り難う御座います。研鑽を積んで一人前の神道家になり、当藩のお役に立つよう励みます」

翌年の春、吉田神道の道統を受け継いだ吉川惟足が、京都の吉田神社へ赴く途中、伊勢長島に立ち寄ったので、藩主康尚から正字の紹介があった。

「ここに控えますのは、将来、当藩の神道家を目指す、河合惣五郎です。どうか、先生の御指導をよろしく願います」

吉川惟足は、正字に対し、

「将来、江戸へ赴き、我が吉川神道の神道家としての資格を取られるよう、励んで下さい。それには、神道の儀式のみならず、武芸、文芸の道にも精進することが大切です」

「はい、過分のお言葉を有り難くお受けします。小寺様から御指導戴き、神道の道を一歩ずつ上り進めております。文武の修業につきましては未熟です……勉強します」

正字と語らい合ううちに、惟足が問いかけてきた。

「貴殿は、和歌の道に通じておいでかな」

「関心を抱いておりますが……未だ……」

「神道を極めるには神道の本意を伝えるための表現が大切ですが、和歌はこれをよく伝えます」

惟足のこの言葉は正字の心に強く残り、やがて、和歌、俳句の道へ進んで行くきっかけとなるのであった。

◉礼との出会い

長島の久松松平藩は公儀への参勤交代に康尚の二男、忠充《ただみつ》を継嗣として当てていたが、忠充が江戸へ赴《おもむ》くに当たって、康尚公は忠充の補佐役として正字を抜擢した。江戸の吉川惟足道場へ正字が顔を出す機会を与えるためでもあった。時に、正字、二十三歳の春、感激は一入《ひとしお》であった。一向は、道中恙《つつが》なく、八日かけて江戸本所の久松松平屋敷に到着した。江戸の生活に慣れるのに一月とかからなかった正字は、忠充の補佐役としての業務を遂行するようになった。余裕が持てるようになると、松平家の諸行事にも同席した。茶会の席には、忠充の妹、礼《れい》も同席することが多かった。その茶会で、歌道書について話し合うことがあった。話が西行の山家集に及ぶと、忠充の考えと多くの点で正字の考えが一致した。西行の、心優しさに対してばかりでなく、視野の広さへの憧れが二人の心を捕らえたのである。

「西行の晩年の歌集『御裳濯河歌合』と『宮河歌合』は、自作だけからなる歌集で、西行の歌風が煮詰まっているように思うのだが……」

忠充の言葉に、正字は、

「まだ、読んだことが御座いません。お持ちでしたら、拝読させて下さい」

「残念だが、歌の師匠に借りて読んだので、手元にはありません。今度、師匠にお願いして取り寄せて置きましょう……ところで、貴殿は、連歌から派生した俳諧に興味はありませんか……松永貞徳に始まり、今、西山宗因の談林派というのが、流行《はや》っています」

正字も俳諧には、関心があったので、

「教えていただければ、嬉しく存じます」

と云うのがきっかけとなり、正字は宗因一派の俳句を読むようになり、やがて、忠充の主催する連句会の真似ごとのような集まりに参加するようになった。この会には忠充が可愛がっていた妹の礼も加わっていた。暫くするうちに、連句に対する礼の熱の入れようは大変なもので、句会を切り回すようになってきた。

「作句の才能は、兄にはないようね。正字さんはなかなかいいところがありますよ」

「なにをおっしゃいますか。忠充様からわたしは作句の手解《てほど》きをして戴いたのです……」

そこは言いよう、忠充の顔を立てたものの、礼の作句に対する拘《こだわ》りに愕《おどろ》くのであった。それに引き替え、他者の読んだ句に対してはそれなりに理解はできるものの、自らの作句となると力量の覚束なさを感じる正字であった。それにも増して、十八歳に満たない少女の面影を残す礼を見つめる度に、正字は、さすが江戸育ちの姫君であると、心に深く植えつけられるのであった。

俳諧の会を続けるうちに、忠充抜きで、礼と正字との二人で接する機会が多くなってきた。

「『宗因連歌千句』の中で、正字さんの好きな句はどれかしら……」

「派手好みの作句ですので、わたしには、心にすんなりとくる句はなかなか見つかりません……」

取り留めのない会話を交わすうちに、二人の心が打ち解け、やがて、俳諧の評価はさておいて、傍に侍る女中を気にしながらも、互いの育ちの話に夢中になって行く。

「正字さんは、小さいときに御両親が亡くなられ、諏訪から長島の大智院へいらしたのだそうですね……お独りでの生活は寂しかったでしょうね」

「勉強の毎日でした。その甲斐あってお城へ上がり、小寺様のお手伝いをするようになりました。さらに、殿のお計らいで江戸務めにまで抜擢されました」

「兄もよい相手ができたと喜んでいます。わたしにまでお相手して下さって嬉しいわ」

正字も礼の相手をする時間を心待ちするようになり、

(礼様とお話しする機会を増すには、もっと俳諧に精を出さなければ……)

と、心に誓うのであった。

「正字さん、この句はあなたのお気持ちを歌ったのでしょう……どなたへのお気持ちかしら……好きな人がいらっしゃるの」

「おりませんので、理想の人を想像しながら作句しました」

礼への気持ちを込めながらも、言葉に出して言えない辛さに正字の胸は痛むのであった。江戸屋敷にあって忠充の補助役をこなす合間に、正字は本来の目的である神道の勉学に勤しんだ。その甲斐あって、半年後には吉川道場を訪れる機会がやってきた。吉川惟足は正字を歓迎し、屋敷での用務のない時は道場へ出向くように勧める。やがて、正字の勤勉な態度が惟足に認められ、正字も一層の精を出すのであった。

久松松平の江戸屋敷に来てから一年を経た初秋のある日、礼が正字を呼び、

「じきに、あなたは長島へお帰りになるのね……」

「参勤交代です。忠充様のお伴を仕ります」

「二年後でないとお会いできないわね……俳諧の腕が上がるのを楽しみにしています。お便りを下さいね」

「そのお言葉……胸に焼きつけました……お風邪を引いておいでのようですが、どうぞ、お体に気を付けて下さい」

正字も、この先しばらく、礼の顔を見られなくなることに心抉《えぐ》られる思いであった。

忠充一行は東海道を上り、箱根を越え、沼津から富士の裾野を通って、大井川を渡り、岡崎を経て宮に至り、海路により穏やかな伊勢湾の海風を浴びて長島に帰った。早速、忠充に従い正字が康尚公にお目見えすると、

「御苦労でした。長の旅、ゆっくりと休むがよい。ところで正字殿、江戸では吉川道場で研鑽を積んでおったようだが、これからも怠らず惟足殿の免許を授かるよう励んで下され」

との言葉を賜り、正字は意を強くするのであった。長島での正字の生活は、再び、小寺五郎左衛門の助手として、神学に関わる諸事をこなすことが第一であったが、文武の道、特に、経験の少ない武芸の研鑽に多くの時間を割く毎日であった。木刀の素振りに心身が疲れ果て、汗を拭いながら風に吹かれる時、ふと、江戸屋敷を思い、礼からの励ましの言葉を思い出すのであった。長島へ帰ってから三月余りはつれづれに礼から正字への便りがあった。正字が居なくなってからしばらく風邪を拗《こじ》らせ、床についていたが、ようやくよくなったこと、正字がいないので連句会を開く気になれず、無沙汰な毎日を送っている、そして、兄と一緒に正字が江戸へ帰ってくる日を今から心待ちにしていること等をこと細かに記した手紙であった。正字の心は千々に乱れ、いとおしい礼へ思いを込めた返信を出すのであった。

〈お元気になられて何よりです。長島では武芸の上達に連日全身を打ち込んでおります。神道家になるには、学業ばかりでなく、武芸の道に通じなければならないからです。礼様の励ましを心の拠りどころに、頑張ります。私には余裕がありませんが、礼様はどうぞ作句をお続け下さいますよう。

礼様　　　　　　　　　　　　　　　　　　　　　　正字〉

それから、礼と正字の手紙のやり取りが二、三度あった後、礼からの返事が途絶えてしまった。正字は礼の心が自分から離れたのではないかと気が気でなく、悶々とする日々を送っていたところ、康尚からの話によりその理由が摑めた。礼の病は快方へ向かっていたが、このところ、再び、床に伏すようになったというのである。

「礼様のご容態はそんなにお悪いのでしょうか」

「どうも、胸の病のようで、医者の言うには、若いと、治るのも早いが、悪くなるのも早いのだそうで……」

「来年、江戸へ参上するまでには元気になられますよう、長島で神様に願掛けしてお祈りします。御養生なさるよう、序での折に礼様にお伝え下さい……」

それからというもの、正字は早朝の武芸稽古に先立ち屋敷の神殿において礼の病気治癒を祈るのが日課となった。

「近頃の正字殿、なにか気の晴れぬことがおありなのか……」

という小寺五郎左衛門の言葉に正字は、

「いいえ、古今集を読んでいましたら、理解しかねる箇所がでてきましたので、あれこれ思い巡らしていたのです」

と誤魔化してはみたものの、

「若い男女の情愛に関わることですかな……わたしのような年寄りには、とんと、わからんことですな……」

その後、康尚から礼の容態が好転したという知らせを受けて安心していると、また、床に就いているとの伝えもあり、正字の心は乱れるのであった。


長島へ帰ってから二年近くが過ぎ、忠充が江戸へ出立する日程が近付くと、康尚から正字へのお達しがあった。

「忠充との出立に先立って諏訪の貞松院を訪ねて下さい。忠輝公のお達しです。諏訪へ寄った後、東海道へ出て、忠充達に合流すればよろしいでしょう」

というわけで、正字は忠充の一行より十日ばかり早く長島を立ち、諏訪へ向かった。伊勢の海には魅力に富んだところがなかったので、素通りして伊那街道を進む。しかし、有賀峠越えに諏訪高島城を望んだ時の感慨は一入《ひとしお》であった。到着した貞松院は、正字が去ったときと変わらぬ佇《たたず》まいであった。門を叩くと、先ずは旅の疲れをとるようにと一室へ導かれ、しばらくあってから現在の住職、玄極が現れ、

「よくぞ、訪ねてこられた。江戸へ出立なさるまで、ここ貞松院を根城《ねじろ》にして、昔からの親しかった方々をお訪ねなされるように」

「有り難いお言葉……先ずは、亡くなった父母の墓に参らせて戴きます」

墓参を終えた正字の次の訪問先は、高島城である。城主、忠恒に見《まみ》え、長島松平家の神道家

候補として仕えている現状を報告し、忠輝公にお伝えしたいと申し上げると、公は散歩にお出かけだという。貞松院へ引き返してくると、玄極和尚と懇談中の忠輝に会うことができた。

「南の丸のお殿様、正字で御座います。諏訪におりました頃の岩波庄右衛門改め、河合惣五郎を名乗っております。長島松平公の思し召しにより江戸へ参る途中にお伺い致しました」

「諏訪を出発した折は、ほんの子供であったが、よう成人して、若侍になったのう……もそっと、近こう寄りなさい」

「現在の私がありますのは、偏《ひとえ》に、殿様の御尽力によるものであります。なんとお礼を申し上げればよろしいのか……」

「難しいことは言うな……私について来なさい」

と、再び、高島城へ向かう。南の丸へ着き、長島での来し方を正字が忠輝に報告すると、

「武士として立派に成人したからには、これからも怠らず、励むがよい」

と、機嫌よろしく、こまごました注意を与えた末に、手元にある硯箱を持って行け、とおっしゃる。

「お殿様、私のような新参者には勿体のうございます」

「書類を書く仕事も多くなるであろう。この硯、なかなか使いよいによって、役立つであろうよ……江戸へ帰ったら、たまには、この硯を使って便りを下され……」

硯箱を押し抱くようにして貞松院へ帰り、硯箱の裏を見て正字はびっくりした。葵の紋が刻

まれているのである。大事に使わなければ、と正字は心に誓うのであった。それから、三日間は、旧知の方々を訪問することで、瞬く間に過ぎてしまう。心去りがたい故郷を後にして、諏訪から下って東海道に出て、忠充の一行に加わることができた。箱根を超え、小田原を過ぎ、品川に差し掛かると、正字の心は本所の松平屋敷のことで占められ、一番の気掛かりは、礼が如何に暮らしでいるかであった。忠允が揶揄《からか》い気味に言う。

「いよいよ、本所に戻ってきたな。礼が貴公を待っておるぞ……どうだ、お土産の歌ができていますかな……」

「長島では、武芸に励み、作句の方はとんと留守でした」

「今からでも遅くはないでしょう。創って渡したら……」

正字の心を見透かした言葉である。松平屋敷に到着し、一夜明けてから忠允を囲み留守居の藩士の面々に会い、正字のこれからの役割が決まる。夕食を忠允一家と共にとることになり、礼と対面する時がやってきた。

「正字さん、逞しくお成りね。修行なさったようだけど、俳諧の方は如何《いかが》。留守中にできた私の作品を見て下さらない……」

と礼が書き付けを差し出すので、

「はい、今晩、ゆっくり、拝読させて戴きます」

と、じっと礼を見つめながら受けると、礼の手が正字の腕をさする。

「長島のお話をうかがいたいから、時間をつくって下さらない……」

「明日午後に時間がとれますから、お伺いします」

ということになった。約束の時間に礼と相対して、正字が江戸に不在だった二年間に起こったさまざまなことを二人で一刻（二時間）近く語り合い、俳諧の話に及んだとき、礼は、

「正字さん、私、貴方の俳号を考えたの。長島の両岸を流れる木曽川と長良川から一字ずつとって、曽良というのはどうかしら」

「はい、なかなかお心の籠もった意味深い号ですね。有り難う御座います。でも、私には号に値するほどの作句がありません」

「これから、どんどん曽良さんの句が生まれるのよ」

礼の気の入れように、正字は、

「次にお会いするときまでに、お答えできるように作句して参ります」

「今日は楽しかったわ……でも、ちょっと、疲れたので、また日を改めてね……」

そう言って、礼はあからさまに正字の手を握った。正字が思わず肩を抱き返すと、すすり泣く礼の声があった。

その夜、正字は、切ない思いが溢れる礼の作句を読むうちに、自らも礼の句の世界へのめり込み、感動の涙に浸るのであった。

礼の句の感想を一刻も早く知らせたいのだが、翌日から礼の姿が見えず、食後の座談中、正

字が忠充に尋ねると、また、熱が出たので、休んでいるとの答えが返ってきた。礼の容態を心配する一方、正字は本務に戻り、更に、吉川道場へ顔を出して神道の学科と儀式の習得に精を出した。この間、礼の回復を祈る毎日が続くうちに、惟足から声がかかった。

「長島の小寺の許で修業され、如何程になられたかな。来月、吉川流の免許の試験を行うので、どうだろう、貴殿も受験してみては……」

「お言葉を掛けて戴き、有り難う御座います。頑張ります」

乱れる心を正す決心をし、正字は吉川流神道師の試験を受けたい旨を忠充に伝えた。翌朝、礼からも頑張るようにとの言葉が伝えられる。礼の言葉を噛みしめ、勉学を続けるうちに試験の当日がやってきた。学科と儀式実践の試験を受ける。学科には自信があったが、儀式の所作で一ケ所間違えてしまい、不合格だと思っていると、惟足から、

「本日、吉川流神道伝書を授与いたします。儀式実践の一部で思い込みにより省略したところがありましたが、基本は確かなので、今後、研鑽を積めば問題はないと判断しました」

との講評を得て合格となった。時に、惟足六十一歳、正字二十七歳の初春であった。結果を忠充に報告すると、長島にも伝えられ、藩主、康尚をはじめ、小寺五郎左衛門からの祝福の手紙が返ってきた。しかし、最も気掛かりな礼からの伝言はない。ここしばらく顔を見せない礼に関して、忠充一家では話題に上ってこない。

（礼様は余程お悪いのだろうか）

正字の心は乱れた。そうこうするうちに一月が過ぎても、礼は一向に顔を見せない。とうとう堪え切れなくなって、正字から切り出す。

「忠充様、礼様のご容態は如何がなのですか。最近、ちっともお顔を拝見しません……」

「一進一退で、家族の皆と食事をするまでにはいかぬのです……」

「一度、お見舞いさせていただけないでしょうか」

「そういえば、礼も貴殿に会いたいと云うておった……」

「是非、機会をお与え下さい。礼様にお渡しする自作の句もありますので」

短い時間であればと云うことで、礼との再会が叶うことになった。礼のもとに招き入れられると、

「神道家の試験に合格されたのね。お目出度う……」

と云った礼は、ひたすら、正字の手を握り締めるばかりであった。正字も嬉しさのあまり、礼の肩に手をやり、気がつくと、抱きしめている。ややあって、

「礼様、療養して早く元気になって下さい」

「元気になったら、正字さんのお嫁さんにして下さいね」

その言葉に、心の中は嬉しさで舞い上がりながら、現実には、礼の興奮を鎮めなければいけないと、俳諧の話もせずに正字は礼のもとを去るのであった。

長島へ帰ってからの正字は、伊勢松平家の神道家としての業務を、小寺五郎衛門の代講として行うようになった。朝、夕の神道祈願の折には、ひたすら、礼の病気回復を願った。礼からの便りが途絶え、落ち着かない日々の連続を武芸の練磨により克服しようと心がけた。

二ケ月程した初秋のある日、沈痛な面持ちの康尚が、ぽそっと、正字に伝えた。

「礼が身罷《みまか》った……漢方も薬効がなかったようだ」

正字は取り乱すところをようやくのことで抑え、

「神も仏もありません……申し訳ありませんが、今日一日、休ませて下さい」

と、引き下がった。

康尚は、正字の打ちひしがれた様子を察し、元気付けるのであったが、正常の生活に戻るのに一ケ月近くかかった。それでも、正字の心は晴れず、口数少ない日々を過ごしていた。

◉正字、江戸へ出る

やがて、長島での歳月が過ぎ、二十八歳になった正字は忠充と共に江戸へ下る運びとなった。そのとき、再び、諏訪の忠輝公から、途中、高島城へ寄れとの指示があった。江戸へ向け出立したが、忠充一向とは岡崎で別れ、伊那街道を北上して諏訪に着く。

先ず、貞松院を訪ねると、玄極と碁に興じている忠輝と会うことができた。八十五歳になった忠輝は、碁を打ち終えたところで、正字を高島城南の丸へ連れて行き、宴席を設け、寛いだ様子で正字の近況を聞くのであった。

「いよいよ、神道師として長島松平藩に仕えるようになった訳だな」

「はい、……ただ、私ごとですが、心苦しい毎日を送っています。……松平江戸屋敷にいる間に、厚かましい限りですが、藩主の姫、礼様と相思の関係になりました。その姫様が病気を患い、こともあろうに、私が長島に帰っている間にお亡くなりになりました。それからというもの、気が晴れません」

「貴公も逞しい武士になったものだのう……若い時には様々な悩みがあるものじゃ」

「殿はもとより、長島の皆さまの御恩は身に滲みておりますが、このまま長島藩でお勤めをしておりますれば、礼様のことが心から離れません。そのような心構えでは真っ当な武士としてお仕えできないのではないのでしょうか。長島藩を辞して、吉川先生のところで本格的に修行するのがよいのではないかと思ったりしております」

「辛かろうのう……、それを克服せんとする貴公の発想は悪くない……それには、果たすべきことを果たして、それから進めた方がよいぞ。私も貴公の望みに沿うように心掛《こころが》けておこう……」

忠輝の言葉に正字は久しぶりに心が安らぐのであった。

「殿様は俳諧を詠まれると伺っておりましたが……」

「まあ、慰みの程度にな……最近の私の作じゃ……」

戸を立てて僧は入りけり秋の暮

忠輝の作句を見て、正字は、

「自己流でありますが、私も嗜《たしな》むようになりました。この度、諏訪へ参りましてからの作ですが……」

と、忠輝に差し出す。

袂《たもと》から春は出《いで》たり松葉銭　（曽良）

「なかなかなものじゃ……なに、曽良と名乗るのか……」

「はい、亡くなった礼様の発案により名づけました」

と、二人の話は尽きないのであった。

それからというもの、江戸にあっても、長島にあっても、忠輝からの励ましの手紙を戴き、次第に、正字の心も晴れてくるのであった。

正字三十三歳の春、諏訪の忠輝からの呼び出しがあった。高島城、南の丸へ伺うと、すっかり年老いた様子の忠輝が、従者を避け、話しておかなければならないことがある、と切り出した。

「存知おるかもしれんが、貴公の亡くなられた両親は生みの親ではないのだ。貴公は伯母の家の養子となって育てられたのじゃ。貴公の生みの親は伯母の妹で、結婚する前はこの城に勤めておった。名は妙という。結婚後、故あって、貴兄を養子に出し、貴公とは縁を切って暮らしておったのじゃ」

「全くの初耳で御座います」

「昨年、私が臥《ふ》せった折、未亡人になっていた妙が城に出向いて、よう看病してくれた。やさしい女御でのう……ところが、看病疲れが響いたのだろう……今年の夏ごろ、心《しん》の臓《ぞう》を患い、急に身罷《みまか》ってしもうたのじゃ」

びっくりした正字からは声もない。

「不憫でならぬ。貞松院の末寺の寿量院に墓を建ててせめてもの供養をしたい。私から妙の戒名をお願いしておいたが、実の息子である貴公が寺へ行って、母者の永代供養料を届けて欲しいのじゃ。寿量院の住職は江戸から参ったと聞いておる。江戸住まいの貴公が届ければ、話も弾むであろうよ」

正字が忠輝から預かったものを寿量院へ届けると、住職から書き付けが渡された。

〈高野妙殿　法名澄誉寿清　天和元年九月十日没す。この度、寿量院殿一月妙胤大姉として当院に祀られる。〉

町家の育ちにも拘らず、武家でなければ得られないような母の戒名を見聞し、それを叶えた忠輝の心遣《こころつか》いに正字は感激を新たにするのであった。住職との会話も早々に、正字はお礼を述べに再び南の丸へ伺うと、上機嫌の忠輝の言葉が返ってきた。

「貴公の母者、妙はほんとに私には尽くしてくれた。若い時は、美女でありながらも慎ましやかで……年を増してからも気品のある女御であった。貴公の実母でありながら、貴公とは逢わぬと誓っておった。何故か判るかな、正字」

「判りかねますが……」

「私の口から云う訳にはいかぬが、実は……貴公の父親は高野七兵衛殿ではないのだ。貴公が母者の実家へ、更に、岩波の家へ養子に出された理由を考えるがよい……」

正字をじっと見つめる忠輝の眼に光るものがあった。

「母者が貴公に渡して欲しいと願っていた品がここにある。受け取ってくれ」

その品々を見て、正字は、驚きと共に、身が引き締まるのであった。葵の紋章のついた品々は、これまで、忠輝から正字へ下賜された品々と相通ずるものがあった。正字は齢老いて気の弱くなった忠輝を見つめ、

「お殿様、どうぞ、お体に気をつけて長生きをして下さい。次の機会にお会いするのが楽しみで御座います」

「元気でおれよ、正字……」

と、正字を手元へ引き寄せ、頬ずりをした。正字は、一瞬、肉親の体温を感ずるのであった。

正字が長島に帰ってからしばらくして、長島藩主、康尚から話があった。

「諏訪の忠輝公から、貴公が江戸の吉川道場で専心励むようにとのお達しがあった。貴公に公儀からの御要請があるやもしれぬとのお言葉です」

「はい、殿さまの御意向に沿うように身を処す覚悟で御座います」

「私としては、本藩の神道師として仕官を続けて貰いたいのだが、忠輝公……ひいては、御公儀からの御意向があるとすれは、貴公を当藩に留めておく訳にはいかぬ」

と云う次第で、正字は長島藩を致仕して、江戸の吉川道場へ向けて旅立つこととなった。正字は、このような成り行きになるにあたっての、忠輝の取り計らいを切々と感じ、諏訪に向かって手を合わせるのであった。

◉吉川道場の正字

正字が松平康尚公の書状を携え、江戸日本橋の吉川道場へ到着すると、吉川惟足は笑顔で迎えた。

「伊勢松平公の御要請では、貴殿を立派な神道師に育て、御公儀に用立ててくれ、というお話ですが……」

「はい」

「貴殿をよく御存じの諏訪の忠輝公の御意向も公儀に伝えられておるとのことです……やがて、御公儀から御沙汰があると思うので、それまでは、当道場で神道の勉学に励んで下さい」

このようにして、正字の吉川道場での修業が始まった。道場には、常に、十数人の若い弟子がおり、惟足の嗣子、従長《よりなが》の指導のもとに修行をしているのであった。正字は従長の手助けをしながら、自らも神道儀式の熟得を心がけた。所作の合間に従長が弟子達に講釈をする。

「惟足先生は、吉田（萩原）兼従《かねより》先生から正統派吉田神道の道統を伝承されて、吉川理学神道を創設された。今や、先生は大権現、家康公の催しごとには欠かせない存在です……このような、先生の道場で心身を鍛える機会に恵まれた貴君等は幸運児である」

すると、若者からの質問があった。

「理学神道の根本をお教え下さい」

「仏教、儒教との習合を目指す最近の神道に対して、惟足先生は我が国古来の神道への帰結を唱えられておるのです。伊弉諾尊《いざなぎのみこと》、天照大神によって相伝された瓊矛《ぬほこ》の道に立ち返るのです」

ここで、正字から更なる質問があった。

「私の故郷、諏訪神社の祭神は水神、山神、風神、農耕神、狩猟神として多才な神格をお持ちですが、上社には建御名方富神、下社にはお妃の八坂刀売神と八重事代主神が祀られています。建御名方富神は大国主神の子神で、高天原の使者、建御雷之男神に抵抗しましたが、諏訪湖まで逃げのびて降伏し、この地を出ないことを誓って許されたとのことです。このような神々を吉川神道では如何にお考えですか」

「諏訪の神々は天照大神に帰依されたのですから、全く問題はありません。祭神は神道の本筋である瓊矛《ぬほこ》の道を進まれました。問題なのは、幕閣に絶大な影響力を持っておられた、天台宗、南光坊天海僧正のお考えです。僧正の山王一実（宗源）神道は、先にも示したように、仏教と儒教との習合を重んじられましたので、神道の道が歪められかねなかったのです。……しかし、吉田（卜部《うらべ》）神道に発する惟足先生が唯一神道を唱えられ、我が国本来の神道として確立されました。紀州藩主の徳川頼宣公が唯一神道を採用され、会津藩主で将軍補佐役の保科正之公の御推挙により、惟足先生が、寛文七年（一六六七）に、先の将軍、家綱公への拝謁を賜り、公儀における神道の諸行事が唯一神道によって行われるように改められました」

保科正之が、寛文十二年（一六七二）に亡くなると、遺言により吉川神道の様式で神葬を行い、翌、延宝元年（一六七三）に会津見禰山に葬られ、二年後の延宝三年に土津神社に祭られた。惟足は会津藩主正経（正之四男）の推挙により天和二年（一六八二）に公儀から切米百表で召し抱えられ、正式な公儀の神道方となったのである。さて、ここで書き留めておきたいことは、正字が吉川道場にあった頃、修行していた若者の中に並河誠所《せいしょ》がおり、並河を介して知己となる関祖衡《そこう》と共に、正字は後年彼等と浅からぬ付き合いをすることになるのである。並河と関が地理学書「五畿内志」を編集するにあたって、近畿地方における正字の広い見聞を参考にしている。関祖衡は正字が巡見使として筑紫に旅立つにあたって送別の辞を送っており、更に、彼等は晩年の正字と榛名の洞窟近くで再び逢うことになるのである。もう一人、正字が吉川道場で親しくなった若者に丸山可澄《よしずみ》がいた。水戸藩の武士で、既に、公儀の神道方候補になり、道場に加わり神道師の資格を取る寸前であった。正字は、真面目に修行する可澄に好感をもち、神道師試験の勉学に手をとって指導した。その甲斐があって、可澄は一回の試験で合格し、直ちに、公儀の神道方に採用された。その縁もあり、正字はやがて公儀の神道方に抜擢されるのである。

正字は、道場の勤めに余裕が生ずるようになると、修行が終わった後、部屋に籠《こも》って勉学に勤《いそ》しんだ。夜分、蠟燭の火が灯っている正字の部屋へ惟足が、ふと、訪れることがあった。

「貴殿はこんなに夜遅くまで何を勉強しておるのですか」

「最初に長島で先生にお会いしたとき、神学の探究に和歌の勉強が役に立つとおっしゃいました」

「そういうこともありましたな」

「先ずは西行を手始めに和歌の勉強をしましたが、歌合《うたあわせ》から発展した俳諧に興味を持ちまして、貞徳の貞門俳諧から始め、宗因等の談林風に親しみ、最近は、北村季吟の弟子の桃青（後に改め、芭蕉）の作品に心を奪われております」

「貴殿はなかなかのよい趣味をお持ちじゃ。神道の極意を極めるには、心のありようを伝える、和歌、俳諧の力が大変役立つのです。私が、兼従先生のもとで吉田神道の修行をしておりましたとき、和歌に託して神道に関する問答をしました。そのやり取りにより兼従先生は私の中に神道家としての素質を見出され、吉田神道の道統を賜ることになったのです……貴公も、和歌、俳諧の勉強をして幅の広い人格を育て、是非とも、吉川神道の極意を受け継いでもらいたいものです」

このような会話を交わすうちに、正字は惟足が並々ならぬ頭脳の持ち主であることを理解するのであった。

半年の後、公儀から正字への沙汰があったとの連絡が諏訪藩江戸屋敷の正字に届いた。公儀へ出頭すると、諏訪高島城の忠晴公からの直々の書状が正字に渡された。

〈徳川光圀公、松平忠輝公並びに松平亮直公からの推薦により、貴殿を寺社奉行配下の神道方として召し抱えたきに付き、公儀詰め所へ参上されたし

公儀寺社奉行　坂本右衛門佐重治

天和三年四月五日

岩波庄右衛門正字殿〉

早速、正字は公儀南門詰め所へ出頭し、寺社奉行から神道方採用の証書を拝受した。帰り道、神道方の丸山可澄宅を訪ね、切り出した。

「今度、貴公と同じ、御公儀の神道方に採用されました。多くの方からの御推薦を戴いて恐縮しておりますが、その中に、水戸の光圀公からの推薦を戴いているのがわかりません……」

「実は、我が殿（光圀）にお会いした折に、吉川道場で御活躍の貴公のことを申し上げましたところ、頷いておいででした。もしかしたら、そのことが殿からの貴殿推薦にはたらいているのかもしれません」

「水戸のお殿様にまで御推薦いただけたことは光栄です」

正字が寺社奉行に面接し、神道方採用の御礼を申し上げると、

「諏訪の忠輝公ばかりでなく水戸の光圀公からの御推薦があり、よき神道方を採用できたと思っております。さて、我が国は、権現様（徳川家康）の御治世により戦国の乱れを脱し、公家、武家をはじめ、神社、仏教界に対する御法度の制度が確立され、天下は安定しましたが、未だ、不安の材料は残っております。外様大名、それと通ずる主家を失った武士、公家、僧侶の面々がおり、諸藩をはじめ、神社仏閣の公儀に対する態度はまちまちであります。万が一の場合を想定し、公儀としては、常に諸藩の状況を調査し、把握しておく必要があります。今後、貴殿にはそのうちの神社仏閣関係の調査の役割を担って戴きたいと思っております……」

「……と申しますと、諜報員、言ってみれば、隠密のような役職ですか」

「さよう、よくお判りですな……お側用人《そばようにん》、喜多見重政様の意向ですので、是非とも御理解下さい」

「御公儀への御奉公、お役に立ちますならば謹んで拝受申し上げます」

「さしあたって、貴殿は江戸配置になります。この役職で大切なことは、貴殿がこの役職にあることを他人には絶対に知られないようにすることです。従って、表向きは飽くまでも神道師として振る舞って戴きたいのです……」

と伝えると、寺社奉行は公儀出入りの商人詰め所から一人の男を連れてきて、正字に紹介し、

「以後はこの者から指示を仰ぐようにして下さい」

と告げて退去した。商人風情のその男は、

「魚問屋の杉山市兵衛です。表向きは、公儀御用の魚問屋ですが、実は、貴殿と同じ職務を担っております」

「河合、いえ、河合は養子先の姓でして、現在は元の姓に還り、岩波庄右衛門正字と申します」

と、正字が自己紹介をすると、

「これは何よりの味方ができて助かります。今後ともよろしくお願いします」

と、大らかに笑いながら、

「江戸住まいの我々は地方の各藩に配置されている仲間から連絡を受けたときに用務を全うすればよいのです。今のところ、大した仕事はありませんから、表向きの業務をなさっていれば結構です。……ところで、貴殿は如何《いか》ような御趣味をお持ちですか」

「趣味という程のものはないのですが、少しばかり和歌、俳諧をかじっております……」

「俳諧に御興味をお持ちですか」

「貞門の俳諧に興味を懐き、現在、江戸で御活躍の桃青《とうせい》殿……最近、芭蕉とも号されておいでのようですが、かの師匠の開かれる俳諧に熱中しております」

「それは、それは……。実は、私も俳諧を嗜んでおりまして、私……芭蕉先生の古くからの弟子なんです。杉風《さんぷう》と号します」

正字に思い当たるところがあった。

「最近、出板《しゅっぱん》された十八番発句合に吟句され、桃青門弟独吟二十歌仙では巻頭が貴殿の発句ですね」

「お見知りおき戴き、光栄です。そこまで、御存じとは、相当に俳諧に御執心のようですな。先生はどなたでいらっしゃいますか」

「先生について修行などしたことはなく、俳諧書をひたすら読んでいるだけの素人です……芭蕉先生にお目にかかりたいものです。俳号を曽良と称しています」

「いずれ、御紹介する機会を見つけましょう」

と、二人の話は弾み、互いにこれからは俳号で呼び合うことにしようということになった。

ここで少し、曽良の関心を寄せる人物、松尾芭蕉の来し方に目を向けてみよう。

松尾芭蕉こと桃青は、故郷伊那上野の藤堂新七郎家の武家奉公人として藤堂良忠に仕えている間に俳諧に接した。京都の北村季吟の弟子であった良忠は蟬吟と名乗り、歌仙を開くときは、蟬吟、政好、一笑と共に、桃青も宗房《そうほう》と名乗って加わっていた。季吟の弟子の一人として俳諧に親しむようになった宗房は、良忠が二十五歳の若さで死去すると、藤堂家の武家奉公人を辞し、寛文十二年（一六七二）に三十七人の作からなる俳諧集「貝おほい」を作成し、天満宮へ奉納した。伊賀上野の俳諧の世界で少しは名の知れるようになった宗房は、将来、俳諧師として身を立てたいとの希望を抱き、郷里を後に江戸へ向かった。

江戸へ出た宗房は、日本橋小舟町の名主小沢太郎兵衛に身元引受人となって貰い、六左衛門、さらに、茂兵衛と名乗り、名主の書記役としてはたらく傍ら、俳諧師になるべく努力した。先ず、江戸において「貝おほい」を出板し、高島玄札をはじめ、未琢、立志、兼豊、調和、幽山、似春等の江戸の俳諧師や愛好家と親しくなり、磐城平藩主、内藤義概（俳号、風虎）が大坂から招いた宗因により本所大徳院礎画亭で催された百韻に連衆《れんじゅ》として参加する頃から、俳諧師として認められるようになった。百韻の連衆には、宗因、礎画、幽山、桃青、信章、似春、又吟が名を連ねている。このあたりから、芭蕉は桃青の号を用い始めた。信章は後の素堂で、芭蕉と無二の親友になった。談林俳諧が全国の俳壇を席捲するようになり、延宝三年（一六七五）頃になると、桃青も、其角《きかく》、嵐雪、杉風、嵐蘭等の弟子を抱え、江戸の俳諧師として活躍するようになる。翌、延宝四年には、信徳、桃青、信章の三人で百韻を興行し、桃青は「桃青三百韻」と題して出板した。

延宝四年に甥の桃印《とういん》が故郷から江戸に下り、桃青の仕事を手伝うようになる。延宝五年から八年にかけて、桃青は日本橋小田原町に住まい、神田上水の浚渫《しゅんせつ》作業を請け負うようになった。この間に水戸徳川家の江戸上屋敷に水道を架設する工事も行っている。

この頃、桃青は次郎兵衛という子を連れた後家、貞《てい》（後の寿貞《じゅてい》）と同棲し、身の回りの世話をさせていた。ところが、桃印が延宝八年にいなくなり、時を同じくして貞も次郎兵衛を連れていなくなった。独り身になった桃青は途方に暮れた。藤堂藩の領民は出国後五年目には帰国して役所に出頭する規則があったが、桃印は帰国していない。規則に違反すると、親族にもお咎めが及ぶので、桃青は桃印の葬儀を行い、藩に死亡届を出し、日本橋を去って、両国橋と永代橋の中間にある深川元番所、森田惣左衛門の屋敷内にある長屋に移住した。俳諧師として隆盛を極めつつあった桃青はどん底に突き落とされたのである。貞を失った心痛に、晴れぬ毎日を暮らしていた桃青は、縋《すが》る思いで、予《かね》てから知り合いの臨済宗の僧、仏頂のもとに馳せ参じて参禅し、頭を丸めて、俳諧の添削、批評の点業を断《ことわ》る自粛生活を送るようになった。仏頂の説くところに共感し、「荘子」へ傾倒して、漢詩に因んだ俳諧を詠むようになると、少しずつ元気を取り戻し始めた。この頃が桃青俳諧の転換期となった。

延宝八年の冬に読んだ「続深川集」の桃青の句に

芝の戸に茶を木の葉搔く嵐かな　（ばせを）

とあり、桃青は俳号を芭蕉と名乗っている。天和二年（一六八二）の千春編「武蔵曲」にも芭蕉の俳号が見える。そこで、青桃の住む長屋の前に弟子の李下が芭蕉の苗を植えたところ、よく育ち、青桃の住まいは芭蕉庵と呼ばれるようになった。

早くからの青桃の弟子であった杉風は、芭蕉庵へしばしば訪れていたが、正字へ桃青を紹介する機会が得られないうちに、天和二年十二月末に駒込大円寺を火元とする大火、俗に言う八百屋お七の火事があり、芭蕉庵も類焼した。甲斐の国、谷村の、秋元藩家老、高山伝右衛門（麋塒）は仏頂の禅修業に参加しており、桃青とも知己の間であった。その世話により天和三年正月から青桃は甲州谷村に逗留した。桃青の弟子、杉風の姉が谷村近くの初雁村に嫁していたこともあって杉風に勧められ、青桃の谷村での逗留は五ケ月間に及んだ。

◉忠輝の崩御

天和三年（一六八三）の春、正字に諏訪藩主、忠晴からの便りがあった。高齢の忠輝公が病床に伏し、何時とは知れぬ身となられたので、心残りのないように、是非、今のうちにお会いなされ、との内容であった。正字は、直ちに、惟足に願いを出し、諏訪へ駆けつけた。甲州街道を下り、小仏峠を越え、八ヶ岳の麓を通り、四日間で諏訪へ到着した。南の丸の忠輝公は体力の衰えは隠せなかったが、意外と元気な口調で、正字に語るのであった。

「御公儀も五代将軍、綱吉公になられ、私も長生きをしたものじゃ。来し方を振り返ると余りの変わりように驚くばかりじゃ……関ヶ原の合戦、大坂城の戦いの後、父上が公儀の基礎を築かれ、徳川の天下支配が定まり、兄上、秀忠殿が後継者になられた。当時若かった私は、仙台伊達の義父の影響もあり、伴天連《ばてれん》の世界に興味を持ち、平戸のエゲレス国商館長のリチャルド・コックスと親密になり、世界の情勢を知り、我が国を開国して発展させる考えを持つようになった。この考えが誤解され、兄上に対抗する勢力が、私を担ぎ出し、伴天連の協力を得て兄上に戦を仕掛ける恐れありと見なされた」

正字は訊ねる。

「エゲレス人はオランダ人と顔かたちは違いますか」

「よく見れば、違うところもあるが、わしら日本人と中国人との違いくらいというところじゃ。……わしは、伴天連の宗教には興味はなく、我が国の発展を考えておっただけなのだが、危険人物とみなされ、挙げ句の果て、私は蟄居の身となった上、父、家康公の臨終にも立ち会えなかった。その後、諸藩を転々として、遂に、五十年余りを、ここ、諏訪に閉じ込められたのじゃ。私の成すことは些細なことにまで警戒されたが、私が公儀に二心《ふたごころ》がないことを渾身これ努めました結果、家光公が将軍になられた頃から公儀の理解が得られるようになった……もう、何もいうことはないのだが、一つ気になることは、我が身内のことじゃ……父、家康公は沢山の子宝に恵まれたが、私は恵まれなかった。仙台藩から嫁した五郎八《いろは》姫との間に子供はできず、離別したままになり、諏訪に参ってから竹の局に産ませた徳松丸は、公儀の目を恐れ、生まれて直ぐに岩槻藩へ預けられたので、私は奴を抱いたこともないのじゃ。他所《よそ》におっても、成長していてくれれば、何時か、会えると思っておったのじゃが、徳松丸は母の竹の局が亡くなると、不祥事を引き起こし、処刑されてしまった。まだ、二十歳にもならぬ若さでじゃ……。残るは……」

と、忠輝は言いかけて口ごもり、目に涙を蓄えながら、

「……いや、語ってはならぬことなので、もう云わぬ……。ただ、貴公が立派に育ち、私の代わりに、公儀に二心のないことを示して欲しいのじゃ。」

「父上……失礼しました……南の丸のお殿様、必ずや御意に召しますように努めます。殿様のお陰をもちまして、私は御公儀の神道方に採用されました」

「おう、さようか……。正字、近こう寄れ……」

と、両人は涙に暮れながら、抱き合うのであった。

忠輝は云う。

「神道師となって、徳川家の祝賀の祀りごとを勤めるのか」

「それが……実は、表の職務は神道師ですが、内実は、御公儀の隠密の役職なのです」

「成る程……公儀の安寧のためには欠かすことのできぬ大事な役職じゃ。しっかりやって下され」

「殿も、どうぞ、御自愛なさって下さい。お呼びの時は、何時なりとも駆けつけます」

正字は、忠輝に別れを告げ、甲州街道を下り、江戸を目指したが、そのとき、ふと、江戸を出立するときの杉風の言葉を思い出した。松尾桃青が江戸の火事の後、甲州に逗留していることである。諏訪へ寄ってからの帰りがけに谷村を訪ねるのは、当地に滞在中の桃青に逢うよい機会であると判断した。

甲州谷村の高山伝衛門宅を訪ねると、愛想よく桃青が正字を迎えた。

「初にお目にかかります。最近まで、長島松平藩に仕官し、河合惣五郎を名乗っていましたが、元の姓、岩波庄衛門正字に戻り、吉川惟足先生の下で神道師として励んでおります」

「おう、曽良殿ですな。貴殿のことは杉風から伺っておりました」

「先生のお作品《さく》を夙《つと》に読ませて戴き、お会いして俳諧の道しるべをお教え戴く機会を待って居りました。たまたま、当街道を過ぎる所用がありまして、突然のことで御迷惑をお掛けしますが、伺わせて戴きました」

「それは何より嬉しいことです。田舎におりますと、退屈で退屈で……客人にお目にかかるのが何より嬉しいことです」

「お言葉に甘えまして……」

「当家の高山伝右衛門殿はもとより、等々力山万福寺の和尚も俳諧を嗜まれるので、作句のやり取りをするのが、唯一の楽しみです。ここにわたしの近作がありますので、御覧下され」

桃青が差し出した紙片に、

勢いあり氷消えては滝ツ魚
行駒の麦に慰むやどりかな
雲霧の暫時百景をつくしけり

と、ある。

「流石《さすが》、先生の御作……感服致します。当方、谷村へ着きました時、浮かびました拙い句ですが……」

と、今度は、正字が差し出す。

鶯のちらほら啼くや夏木立

「季節に適《かな》った、なかなかの作ですな」

二人は、忽ち、俳諧の話に夢中になり、胸襟を開いて、語り合うのであった。挙げ句に、弟子にしてくれと、正字が桃青に持ちかけると、

「江戸へ出ましてから拙宅に押し掛ける者が後を絶たず、みな、我こそは桃青の第一の弟子であると称しますので……我が家へ集まる者は、みな、兄弟弟子だと申し伝え、武士であろうと町民であろうと差別をつけるようなことはなく一同楽しくやっておりました。そのうちに私も江戸へ帰りますが、その時は、貴殿もせいぜい拙宅を覗き、連歌の会に出席して下さい」

「有り難きお言葉、研鑽を積みますので、よろしくご指導下さい」

正字は桃青の仮庵に一泊し、江戸へ向かった。公儀の諜報員の仕事としては情報交換を滞りなく行うことが必要で、それには、歌仙の集まりを隠れ蓑にして行うことがしばしばあり、桃青の弟子になって俳諧仲間と懇意になることが良策であると、すでに、杉風から聞いていたので、正字は、自己の役割の第一歩を踏み出すことができた、と道中、胸を撫で下ろすのであった。

それから一ケ月も経たぬうちに、諏訪から忠輝が危篤に陥ったとの知らせが正字に届いた。直ちに、諏訪へ向け出立したが、到着したのは忠輝公の葬儀が終わった直後であった。藩主、忠晴は、飛脚の鈍足を詫びると共に、正字に労りの言葉をかけながら、

「九十二歳の御崩御、大往生であらせられました。御容態が優れなくなったとき、殿様は貴殿の名を呼び、よろしく頼むとおっしゃっておいででした……」

忠輝公の位牌

「もったいのう御座います」

正字は忠輝の遺骨を納めてある貞松院へ向かった。続いて、本堂脇に安置された、

法名、寂林院殿心誉輝窓月仙大居士、

と記してある忠輝の位牌を目に

するに及んで、はらはら涙を流し、心の奥で思いざま叫ぶのであった。

（父上、安らかにお旅立ち下さい。父上の御期待に添うよう御公儀の一員となって頑張ります）

一方、自分の行く末は自らの手で切り開いていかなければならない現実を正字は強く感じるのであった。

◉江戸の俳諧師仲間

天和三年五月に甲州から江戸へ帰ってきた桃青は船町に仮住まいし、六月には其角編の漢詩文調「みなしぐり」を出板した。李白、杜甫、西行の風流を追い、俳諧に新風を吹き込んでいる。秋風が吹き始めるころになると、杉風の世話よろしく、門人、知人の寄付もあって深川六間堀に、芭蕉庵が再建された。

この頃から、桃青は漢詩調の俳諧を脱し、貞享元年（一六八四）八月、千里を連れて、関西の旅に出た。「野ざらし紀行」である。九月に故郷伊賀上野に寄った後、大和、山城を経て、美濃大垣の木因を訪れ、同道して桑名、熱田を経て、名古屋で野水《やすい》、荷兮《かけい》等と歌仙「冬の日」を巻き、熱田で唱和後、伊賀上野に戻り越年した。

翌、貞享二年二月、奈良のお水取りを拝した後、桃青は、京の湖南で杜国と秋風に会い、尚白、千那《せんな》、路通を弟子として迎えた。水口で土芳《どほう》に会い、三月に再び熱田で歌仙を巻いた。四月に鳴海の知足亭を出発し、木曽、甲斐を経て江戸の芭蕉庵へ戻った。琵琶湖のほとりの松本村で出会った路通に桃青は俳諧の才能を感じ取り、江戸に出て来ないか、と誘いかけるのであった。

芭蕉庵が再建されて間もなく、正字は近くの深川五間堀に居を構え、吉川道場の神道方として、同時に、武術および弓術の師範として若い武士に稽古をつける日々を送っていたが、貞享二年の春、吉川惟足の薦めで、道場同門の御家人、阿部太郎衛門文助の妹、信《のぶ》を娶った。時に、正字、三十七歳、因みに、桃青は四十二歳になっていた。

とある日、散歩がてら、正字が芭蕉庵を訪れると、杉風と話し合っている桃青に遭遇した。

「杉風さん、魚の売れ行きは如何ですかな」

桃青の問いかけに、杉風は、

「江戸には日本中の殿様の御屋敷がありますから、仕入れさえよければ、納入する先は事欠かないのですが、最近、不漁のことが多く、悩みの種ですよ。それでも、川魚の方はなんとか……」

と言いつつ、包みを桃青に差し出した。桃青が頷いて受け取るのを杉風は横目で見ながら、ちらと正字の方に顔を向け、片目を瞑《つぶ》って見せた。点業（俳句の添削）を拒み、収入のない生活をする桃青へ杉風が仕送りをしていることを漏れ聞いていた正字であったが、実際を見聞するのは初めてであった。杉風が公儀から戴いている金子の一部があてがわれていたのである。魚商で江戸の大名屋敷へ出いりしている杉風に対して、魚貝の納入にかこつけて外様大名の様子を探ってこい、というのが公儀の意向なのである。三月になると、奥州尾花沢に住まう桃青の門人、鈴木道祐（清風）が江戸へ到着した。清風の宿舎に桃青を始め、弟子の挙白、コ斎、其角、嵐雪が集まって、芭蕉立句の「花咲きて」の歌仙一巻が巻かれ、正字も参加した。この頃になると、桃青は芭蕉と号し、正字も俳諧の場では曽良を名乗るようになっていた。この歌仙で、芭蕉の立句、

耳うとく妹が告げ足る郭公

に対し、曽良が、

つれなき美濃に茶屋をして居る

と、付けた。これが記録として残る曽良の初めての連句である。

四月になると、芭蕉庵に十数人の弟子筋が集まり、歌仙「蛙合せ」が編まれ、世話役を仙化が務めた。桃青改め芭蕉の発句、

古池や蛙飛び込む水の音　（芭蕉）

に仙化が受けて、

いたいけに蛙つくばふ浮羽かな　（仙化）

二番句以下は、素堂―文鱗、嵐蘭―孤屋、扇雪―琴風、流水―嵐雪、北鯤―ちり、山店―宗

派、杉風—卜宅と続き、最後は、曽良と其角《きかく》で締め括った。

うき時は蟇の遠音も雨夜哉　（曽良）

ここかしこ蛙鳴ク江の星の数　（其角）

其角は芭蕉の古くからの弟子であり、締句を受け持つのは当然であったが、曽良がその相手に選ばれたことに、曽良自身はもとより皆の衆が驚いた。曽良の俳諧に対する芭蕉の覚えが高いことがわかったからである。「蛙合せ」の歌仙が世に知られるようになると、芭蕉の俳諧師としての評価が高まり、「古池や……」の句は俳諧に興味を懐く武士、町民の記憶に深く刻まれ、芭蕉の指導を仰ごうと、芭蕉庵を訪ねる者が後を絶たなかった。また、この年の七月に、公儀から生類憐みの令が発令され、鳥獣類の虐待、殺傷が禁じられ、文芸の世界でも鳥獣を題材にすることがさし控えられた時代にあって、蛙を主題に吟じた俳諧は当を得た催しとして巷で騒がれる有様であった。

年末も近い雪の降る日、曽良が芭蕉庵を訪れたときのことである。芭蕉が寒い部屋でおろおろしているのを見かね、炭を用意して囲炉裏火《いろりび》を焚いた。更に、茶を入れ、蕎麦《そば》掻まで料理して供するに及んで、芭蕉は大変な御機嫌で曽良に次の句を送った。

きみ火をたけよき物見せん雪まるげ

この時の芭蕉と曽良の親密ぶりが印象深く、曽良の三十三回忌に、姪の夫、周徳が編んだ曽良の遺稿集は「雪まるげ」と名づけられるのである。

翌、貞亭四年の秋、芭蕉は本所、定林寺の僧で俳諧に親しんでいた宗波と曽良を連れて常陸の国、鹿島を訪れる旅に出た。鹿島の根本寺で仏頂和尚に再会するためであった。この旅行の紀行文は「鹿島詣で」として出板されることになる。

深川から乗船し行徳で降り、遠く雲間に筑波山を望み、秋草を愛《め》でながら歩いた。布佐まで行くと日が暮れたので、漁師の家に泊まることにした。宿で夕飯を取っていると、あたりに生臭い匂いが立ち込めるので辟易して外へ出ると、中秋の名月が冴えている。その勢いに乗じて宿を辞し、夜船に乗り、鹿島へ着いた。

ところが、翌日は、朝から雨となり、鹿島山頂での月見は当てが外れ、直ちに、麓の根本寺の境内にある長興庵に住まう仏頂和尚を訪ねた。和尚は一行に、

をり〳〵に変わらぬ空の月かげもちゞの眺めは雲のまにまに

の一首を詠んで歓待した。一行は答えて、

月はやし梢は雨を待ちながら　（芭蕉）
寺に寝てまこと顔なる月見かな　（芭蕉）
雨にぬれて竹おきかえる月見かな　（曽良）

と、応じた。翌日は鹿島神宮に参詣した。朱塗りの楼門を潜《くぐ》り清浄な玉砂利を踏んで神前で参拝した後、

此杉の実ばえせし代や神の秋　（芭蕉）
ぬくはばや石の重しの苔の露　（宗波）
膝折やかしこまりなく鹿の声　（曽良）
秋色の濃くなってきた利根河畔の景色を楽しみながら、
芋の葉や月まつ里の焼ばたけ　（芭蕉）
ももひきや一花ずりの萩ごろも　（曽良）
花の秋草にくいあく野馬かな　（曽良）
などと吟じた。

一行は、帰路、潮来の本間自準宅に宿泊などして三泊四日の鹿島行の旅を終えた。帰途、芭蕉は、根本寺に関する仏頂和尚の奮闘努力を曽良、宗波に語って聞かせるのであった。

仏頂が根本寺の住職となったとき、鹿島神宮が根本寺の土地を取り上げる事件が起こった。根本寺は家康公が寄進して建てた寺であるから返してくれと、仏頂は、公儀の寺社奉行に訴え、その訴訟のために江戸へ出府した。その際に仏頂は、芭蕉庵近くの深川大工町の臨川庵に泊まった。

臨川庵は最初の芭蕉庵から三丁ほどの距離にある。前述のように、芭蕉は知り合いの紹介により仏頂と親しくなり、臨川庵の座禅に参加するようになった。そして、芭蕉は仏頂の教えを受け、出家もどきの剃髪の身となったのである。

徳川将軍が家綱から綱吉に代わり、起訴を起こしてから八年余を経てようやく仏頂側の言い分が通って、根本寺の土地が戻ってきた。大役を果たしたにもかかわらず、仏頂は謙虚に、寺の住職を弟子に譲り、隠居して境内の長興庵に住んだのである。

芭蕉が心底から尊敬していた仏頂にこの度の旅行で会えるのを最大の楽しみにしていた様子が曽良には手に取るようにわかるのであった。

この年の十月に、芭蕉は亡父の三十三回忌に列席するため帰郷した。その際、芭蕉庵に松江、依々、泥芹、水萍、風泉、夕菊、苔翠等と共に曽良も顔を出し、餞別十吟の一巻を巻いた。曽良の句は、

俳諧説て関路を通るしぐれかな

芭蕉は、伊勢神宮に参拝し亡父の供養を済ませた後、いわゆる「笈の小文」の旅に出た。鳴門、熱田、保美、名古屋を巡り、伊賀上野で越年した。翌、元禄元年（一六八八）、杜国と吉野、高野山、和歌の浦、奈良、大坂、須磨、明石を旅し、大津、尾張、鳴海、熱田を経て鳴海を往来した。

この年の元旦における曽良の吟句は、

元旦やこがねの鞍に馬白し

八月になると、芭蕉は越人と共に岐阜を立ち、更科で中秋の月を愛《め》で、下旬に江戸へ帰った。更科紀行である。江戸に芭蕉が不在のうちに、路通が江戸へ出て、芭蕉庵の近くに住まうようになった。芭蕉の喜びは一方《ひとかた》ならず、路通を毎日のように庵に呼ぶ有様であった。

十月になると、芭蕉庵で

其《その》かたちみばや枯木の杖の長

を芭蕉の発句とする歌仙を巻き、路通、夕菊、苔翠、夕五、素堂と共に曽良も参加した。

さらに、路通の発句

雪の夜は竹馬の跡に我つれよ

による歌仙が巻かれ、岱水、夕菊、宗波、友五、嵐竹、雨洞、緑糸、芭蕉、曽良が吟じた。

十二月半ばの雪の夜に芭蕉庵に集まった、依水、苔翠、泥芹、友菊、友五、路通および曽良が総出で宴席の準備を分担し、因みの俳諧を吟じた。「深川八貧」である。

米買

米買に雪の袋や投頭巾　（芭蕉）

真木買

雪の夜やとりわき佐野の真木買はむ　（依水）

酒買
さけやよき雪ふみ立てし門の前　（苔翠）
炭買
すみ一升雪にかざすや山折敷　（泥芹）
茶買
雪にかふはやしごとせよ煎じ物　（夕菊）
豆腐買
手にすへしたうふをてらせ雪の道　（友五）
水汲
雪にみよ払ふもをしきつるべさほ　（曽良）
めしたき
はつ雪や菜めし一釜たき出す　（路通）

俳諧の滑稽味に加えて、芭蕉庵における庶民生活を詠んだ句である。

翌、元禄二年の元旦に曽良は、
古き名は新敷名のとしおとこ
と詠んでいる。そして、暫く無沙汰をしていた芭蕉庵で芭蕉、前川、路通と歌仙を巻く機会があり、曽良が発句を務めた。

衣装して梅改むる匂いかな

しかし、芭蕉は疲れているようで、一同の意気が上がらず、一巻の吟詠で解散した。

このことが気になっていた曽良は、正月早々、杉風宅へ訪ねた折に尋ねてみた。

「芭蕉翁はこのところ、旅にお出かけになることが多くなりましたね。今や江戸では、其角さん、嵐雪さんに支えられた蕉風俳諧が根を下ろしております。江戸にじっくり落ち着かれるお考えはないのでしょうか」

「そこなんですよ、曽良さん……十年近く前になりますが、翁が神田上水の浚渫作業の監督をされておいでの時、手助けに郷里から呼んだ、甥の桃印さんが奥さんのお貞さんと駆け落ちをしてしまい、翁は一人ぼっちの寂しい生活を送るようになってしまったのです」

「桃印さんは病死したと伺いましたが」

「それは郷里の一族に迷惑が掛からないようにとの藤堂藩への言い訳なんです。折角、俳諧師としての名声も上がってきた時でしたのに、翁の落胆は大変なものでした」

「そのような事情とは……存じませんでした……」

「翁は、それを機に、浚渫作業の仕事を止めて深川へ隠居されたのです」

「翁は、何時も、分け隔てなく弟子に接しておられます。その境地に達するまでの心のうちでの克服は大変なものだったでしょうね」

「翁は貴殿を信頼しておいでです。尽くしてあげて下さい」

「いえ、私なんぞ何の役にも立ちません……庵へ絶えず通っている路通さんがお気に入りのようです」

「その路通が翁に断りなく消えてしまったのです。翁は、次の旅の計画として、西行の足跡を辿る陸奥《みちのく》への旅を考えておいでなのです。その際は路通を連れて行く心算《つもり》でおられたので、路通の失踪には涙をながして残念がられました」

「路通さんはどうして消えてしまったのでしょうか」

「路通は生活に雑なところがあり、大家さんの茶入れを盗んだ疑いがかかったことも重なって、翁との長旅に嫌気がさしたのでしょう。挙げ句は、翁に断りなく、知人に手紙に託して消えてしまいました」

「今年は西行の五百年忌に当たると伺っております。その年に、西行の旅立たれた陸奥へご自分も旅立ちたいという翁のお気持ちを察すると、胸が痛くなりますね」

「全くその通りです。何としても、翁に陸奥への旅を実現させてあげたい……そこで、曽良さんに一肌脱いで貰いたいのです。如何なものでしょうか、貴殿が路通に代わって翁と一緒に出かけるというのは……」

「私は、長旅をしたことがありません。翁のお気にいるような役割が果たせましょうか。それに、家族と離れて暮らさねばなりませんし……」

「いろいろ、御都合もありましょうが、貴殿も幕府の禄を食んでおいでの身です。この際、翁の陸奥への二人旅を隠れ蓑にして、ひと働きなさってはいかがなものでしょう。旅に必要な金子は私から幕府に申し出て、御用立てするように計らいます」

このような話し合いの挙げ句、曽良は家内を説得し、芭蕉との旅を決心したのであった。曽良が路通の代わりに陸奥への旅に同伴することを杉風から知らされた芭蕉に笑顔が戻った。

◉おくのほそ道——江戸から仙台へ——

元禄二年（一六八九）に芭蕉と曽良（正字）は陸奥、北国の旅に立った。その旅を題材にした紀行記が、後に、芭蕉により「おくのほそ道」として纏められた。出立に際して芭蕉は雲水行脚の乞食僧の姿で臨み、曽良もこれに見習い、髪を剃った。「おくのほそ道」の中で、曽良は、旧姓、河合惣五郎からとった、宗悟という名で呼ばれている。三月初めに曽良が吉川惟足に公儀肝いりの陸奥への旅行の計画を伝えると、惟足は、ついでに陸奥における神社の状況も調べるとよいと云うので、その準備のため、吉川道場へ通って、「延喜式神名帳」や「名勝備忘録」を調べ、旅の途中で立ち寄るべき神社や名勝地の目録を作り、公儀から出立日の指令が来るのを待った。

ところが、芭蕉は早々の出立を思い立ち、芭蕉庵を商人夫妻に譲ってしまい、寝泊まりにも困る状態になってしまったので、三月二十日に、一旦、深川を舟で立つことになった。弟子達は芭蕉と同伴予定の路通が逃走したので、芭蕉がこんなに早く出立するとは思っておらず、買い主に明け渡す前日まで芭蕉庵に集まって騒いでいたので、船立ちに見送りに来たのは事情をよく承知していた杉風ひとりであった。芭蕉が旅立ちの最後の準備をしている間に、杉風は曽良を呼び、耳打ちするのであった。

「曽良さん、この度の御公儀から貴殿への御用命に、もう一つ、水戸の光圀公からの御要請が加わりました。貴兄は彰考館の丸山可澄さんを御存知ですね」

「はい、吉川道場での同門です……私を公儀神道師に推挙して下さった方です」

「その丸山氏に会って戴きたいのです。陸奥の旅に出発する前に光圀公からのお沙汰があるとのことですので、千住あたりで待機していて下さい」

杉風の見送りに別れを告げ、芭蕉と曽良は深川で舟に乗り、千住で降りて宿場近くの小菅にある、杉風が紹介してくれた、伊那代官屋敷に落ち着くと、曽良が芭蕉に話かけた。

「師匠、陸奥への旅をお急ぎでしょうが、今少しお待ち下さい。実はこの度の旅行の手助けにと、御公儀から若干の金子を戴いております。御公儀の指令を全うしてくれとの約束があるのです。その第一が御公儀からの書簡を東照宮へ届けることです。東照宮修理の命が御公儀から仙台藩へ下されているのですが、その回答が届き次第、日光の養源院まで届けるのが私の役目なのです。」

「そうですか、宗悟さん。私も、東照宮への参拝は初めてですから、丁度よい機会です。平安時代の西行法師の顰《ひそみ》に倣《なら》って、陸奥への出立を年明け間もない桜の咲く季節にと思っていたのですが、もういまは桜も散ってしまいました。どうぞ、宗悟さんの都合のよいようにして下さい」

「有り難うございます。それにもう一つ、出立直前に水戸の光圀公からの御沙汰があるとの伝言がありました。東照宮へ出立する以前に済ませて参ろうと思っております」

「そうですか。大変でしょうが、よろしくお願いします」

翌日、朝食後、一休みしていると、伊那代官所に丸山可澄が現れ、芭蕉に挨拶を交わした後、陸奥の旅に出発する前に藩主水戸光圀から正字（曽良）に伝言を申し渡したいので彰考館館長の佐々介三郎宗淳《さっさすけさぶろうむねきよ》のところに来てくれ、と曽良に伝えるのであった。早速、曽良は駒込にある彰考館へ出向くと、介三郎が現れて、

「芭蕉翁と一緒に陸奥の旅に立たれるとのことですが……」

「はい。公儀からの大事な役割を果たすためでもあります」

「それに加えて、どうぞ、我が殿の御要望も果たして戴きたいのです。このことは、公儀も了解しております……殿が奥の間においでですので、お会いになって、用件をお聞きください」

「はい、其の件は丸山殿から承っております」

曽良（正字）が奥の座敷へ進み出ると、彰考館へ来館していた光圀が相好を崩し、

「岩波殿、どうぞ気楽になさってくだされ……御存知かもしれませんが、我が藩では、国家の

将来に役立てようと、日本各地の地理地史の纏めを作成しようと努めております」

「はい……」

「そこで、この度の貴殿の陸奥の旅においても、諸藩の事情を調べると共に、それぞれの地域の地理地史を視察してきて戴きたいのです」

「御公儀からの命令共々お役に立つことができれば幸いに存じます」

「これはほんの僅かな手当で、到底、満足する程のものではありませんが、足し前にして下され」

と、介三郎に命じ、金子の包を曽良に渡すのであった。一方、公儀からの書状が浅草の清水寺《せいすい》の住職に託されて曽良の許に届いたのはそれから五日経ってからであった。その結果、二人の出立は三月二十七日（太陽暦五月十六日）の早朝となった。


芭蕉は、「おくのほそ道」における旅立ちのくだりを予《かね》てからの構想を生かして次ように記している。

弥生も末の七日、明けぼのゝ空朧々《ろうろう》として、月は在明《ありあけ》にて光おさまれる物から、不二の峰幽《かすか》にみえて、上野・谷中の花の梢、又いつかはと心ぼそし。むつましきかぎりは宵よりつどひて、舟に乗て送る。千じゆと云所にて船をあがれば、前途三千里のおもい胸にふさがりて、幻のちまたに離別の泪をそそぐ。

行春や鳥啼魚の目は泪

これを矢立の初めとして、行く道なほ進まず。人々は途中に立ち並びて、後影の見ゆるまではと、見送るなるべし。

芭蕉は、旅行記の初めの句として右の句はどうだろうかと、曽良に語りかけた。曽良は、

「素晴らしい発句です」

と答えると同時に、三年前の連句の会で芭蕉が発句した「古池や蛙飛び込む水の音」の句を思い出した

（自分は、深川の蛙が音を立てて池に飛び込んだところも魚が目に涙を溜めているところも、見たことがない。しかし、このように、感情移入して蛙や魚の行動を表現することにより、人の思いを最小限の言葉で最大限に伝え、読者を惹きつけることができるのだ……）

芭蕉という人は、なんと想像力の豊かな、規模の大きい作家なのか、と感じ入るのであった。

三月二十七日の早朝、二人は千住を出立した。草加を経て綾瀬川を渡り越谷へ到着したとき、曽良が芭蕉に話を持ちかけた。

「今日の予定は粕壁（春日部）までと思っておりますが、ちょっと立ち寄りたいところがあります。粕壁に着く前に翁に追いつく所存ですが……」

「立ち寄りたいところと申すのは……」

「岩槻の浄安寺です。知り合いの墓がありますので、この際、お参りしようと思いまして……」

「貴公には貴公の事情がありましょう。私は失礼して、我が門下の木玉《ぼくぎょく》さんが岩槻にお住まいなので、訪ねてみようと思います。できれば、木玉さんを私達が今夜泊まる宿に連れて参りましょう」

という約束で、二人は荒川を渡らず日光御成道に入り街道沿いにある岩槻へ向かった。岩槻に着くと、曽良は快楽山浄安寺へ赴き、芭蕉は木玉宅を訪ねるのであった。曽良の予《かね》てからの思いは、忠輝から聞いていた異母兄の墓に詣でることであった。岩槻藩にお預けの身となり、不祥事を起こして殺害された徳松丸の墓にである。岩槻の浄安寺の墓地に到着すると、古くなり読み辛《づら》くはなっていたが、墓石に刻んである徳松丸の法名、朝生院殿珠晴光空大禅定門、を見出すことができた。

曽良は思わず墓石に抱きつき、

「さぞや、寂しかったでしょう」

と、呟くのであった。

寺を辞し、待ち合わせを約束した未の刻（午後二時）に曽良が粕壁の茶屋に到着すると、一人しょんぼりと芭蕉が団子を頬張りながら茶を啜っていた。曽良が、

「木玉さんの御様子は如何でしたか」

と問うと、芭蕉は、

「運悪く、下総へ出かけておって会えませんでした」
「それは残念でした。心残りでしょうが、私達の旅は先が長う存じます」
「左様々々……早う宿に着いて、明日に備えましょう」

二十八日は利根川（古利根川）を越え、平坦な街道を北上し、利根川の関所を通過して間々田にまで行って泊まり、翌日は、壬生の手前にある、木花咲耶姫《このはなさくやひめ》を祀る宝の八島を訪れたが、芭蕉が歌枕に期待するような景観に接することはできなかったので、壬生から壬生街道を進み、鹿沼に泊まった。

四月一日は、鹿沼から日光山麓に行き、小雨降る中を養源院へ赴き、幕府からの書簡を届けることができた。その後、東照宮へ伺うと、修理のために襖絵を写し取る作業の相談に来ていた狩野派の絵師に出会った。東照宮修理の段取りの素早さに、感心していたが、絵師が立ち退いた後、東照宮に参拝することができた。曽良は心の内で語りかけるのであった。

（父上、只今、権現様のお社に到着しました。父上の思いも込めて、お参りいたします）

参拝の後、芭蕉は、やおら、筆立てを出して一句を記した。

　あらたふと青葉若葉の日の光

古歌に歌われている黒髪山《くろがみ》（男体山）は初夏と云うのに霞がかかり、残雪があった。黒髪山にかけて曽良が続けて吟じた。

剃り捨てて黒髪山に衣替え

四月二日は、日光から近道の会津道を通り那須野へ入り、歩を進めた。鬼怒川を越えたところで雨が降り出し、日が暮れてしまったので、玉生の名主宅に泊まった。翌日、那須野を歩いて行くと、放し飼いの馬がいた。近くで草刈りをしていた持ち主の百姓に馬を貸してくれと頼むと、馬に少女をつけて貸してくれた。馬に乗って大田原を越え、蛇尾川、那珂川を渡って夕方には黒羽《くろはね》に到着した。そこで、曽良は駄賃を鞍壺《くらつぼ》に結びつけて、付いて来た少女に馬を返したが、少女の「かさね」と云う名前が印象に残り、

かさねとは八重撫子の名なるべし

と、吟じた。

芭蕉と曽良の一行はこれから七日間も黒羽に滞在することになる。伊達藩が日光東照宮修理のために必要な人夫を予定通り集めているかどうかを調べるように公儀から曽良への指示があり、そのために陸奥の諸藩を通過する時期を選んでいたのである。幸い、黒羽には芭蕉の弟子で、大関家の家老を勤める鹿子畑《かのこはた》善太夫（翠桃《すいとう》）とその兄の浄法寺図書《ずしょ》（桃雪）がいて、歓待してくれた。一万八千石の外様大名、大関家は昨年暮に五代藩主の増栄が亡くなった。嫡男、増恒が死去していたので、嫡孫、承祖の後継が認可されていたが、承祖は二歳になったばかりなので、幼少を理由に減封、または、移封されはしないか、と大関家は懸念していたのである。

このような大関藩の内状を調べよ、というのが曽良に課せられた公儀の要請であった。そこで、芭蕉が散歩に出かけた隙を見て、曽良が翠桃に話しかけた。

「藩主殿が御幼少なので、諸事、大変でしょうね」

「お心遣い、有り難うございます。当藩は小藩ではありますが、先代が藩内の農業、農産物の販売に力を入れておりましたので、親藩の仙台藩からの徴収にも持ちこたえて参りました。我等、兄弟も藩主を支えて行く所存です」

翠桃のこの言葉を聴き、曽良は、早速、大関藩の現状維持に問題のないことを知らせる手紙を記し、公儀へ送った。

一方、芭蕉が期待していたのは、崇拝する仏頂が山ごもりしたことのある雲巌寺の草庵を見学することであった。翠桃の案内で雲巌寺に参詣した後、険しい裏山を攀じ登ると、縦横が五尺にも満たない草庵が岩窟にもたせかけるように建ててあった。これに対し、芭蕉は、「おくのほそ道」の中で、中国南宋時代の妙禅師の死関や法雲師の石室を思い浮かべた、と記している。

次の日、両人は、篠原へ出かけて光明寺に参拝し、近くの犬追物の跡と古墳を巡った。また別の日に、戻り道になるが、曽良の所望で太田原の金丸八幡宮に参拝した。この社は源平の屋島の合戦で那須与一宗高が平家の船に掲げた扇の的を射るときに念じたという大明神を祀ってある神社であったからである。

余瀬の翠桃宅では土地の俳人が芭蕉を慕って集まり、歌仙を興行した。曽良も附合《つけあい》の句で旅情を詠っている。

鹿相《そそう》にておかしき小野の炭俵　（翅輪《しりん》）
碪《きぬた》うたるゝ尼達の庵　（曽良）
酒飲めば谷の朽木も仏なり　（芭蕉）
狩人帰る岨の松明　（曽良）
日中の鐘撞くころになりにけり　（桃風）
一釜かする美濃の茎長　（曽良）

一行は、十六日に余瀬を出発し高久まで馬で行き、名主、角左衛門宅に宿泊したが、翌日は雨天模様なので、旅の疲れ休めにと、もう一晩泊まり、十八日には馬に乗って那須湯本へ向かった。

湯本で二泊する間に曽良は宿の主人から藩の財政事情に詳しい人物を紹介してもらい、芭蕉には托鉢に出かけると称し、身なりを整えて出かけた。その侍を料亭に接待し、酒を飲み交わし談笑するうちに、

「貴殿は算盤がお達者だと伺いましたが……」

「それ程でもありませんが、お陰様で当藩の財務係の一員として奉公させて戴いております……

私自身はお金には縁がありませんが……」

「立派なお仕事ですな……ところで、貴藩では町民、農民からの租税の取り立てについて何か変更したことはありませんでしょうか」

「最近は大した風水害に見舞われることもなく、我が藩の財政は可もなく不可もなく、町、村民からの取り立ては例年の通りと思っていたのですが……」

「親藩から何か言ってきたのではありませんか」

「よくお気付きですな……実は、伊達様が御公儀から東照宮修理の工事負担を押し付けられているので、我が藩もその一部を負担してほしいというのです」

「それは……大変なことですね」

「我が藩の蓄財は知れていますし、これ以上、租税を取り立てると、藩民が疲弊してしまいます……」

「財務担当者は大変ですな……」

「東照宮修理現場へ当藩から人材を派遣する私の案が採用され、なんとか解決しました。農家で仕事にあぶれている次男、三男の派遣を申し付けました。現場で認められれば、続いて仕事に有り付ける道もある、というのが効きました……」

「なかなかお手際ですね……貴殿が藩に重用される訳がわかりました」

酒宴はそれからも続くのであった。

このような情報入手のことを芭蕉に気づかれないように、翌日、一行は殺生石《せっしょうせき》を見に出かけた。湧き出る温泉の山蔭にある、虫も寄りつかない殺生石を見て、芭蕉は能の「殺生石」に謡われた玉藻の舞う艶姿を想像するのであった。

翌二十日、両人が那須湯本から旗宿へ行く途中、芦野出身の芦野民部桃酔《とうすい》が予てから芭蕉に見せたいと云っていた、

道のべに清水ながるる柳陰しばしとてこそ立ちとまりつれ

と、西行が詠んだ柳を見ることができた。

この日、両人はいよいよ白河を越え、陸奥の国へ入るにあたり、芭蕉は、拾遺集にある平兼盛の歌、

便りあらばいかで都へ告げやらむけふ白河の関は越えぬと

を諳《そら》んじた挙げ句、白河の古関を観たいと云うので、探したが見つからない。結局、諦めて新関を通り、旗宿で泊まった。芭蕉は古関のことはそれっきり口にせず、関明神近くの茶屋で食べた餅をいたく気に入ったようであった。白河の関を晴れ着姿で通った古人と雲水行脚姿の自分達を対比させ、このあたりに咲き乱れていた卯の花にかけて詠んだ曽良の一句が「おくのほそ道」の白河の関のところに添えられている。

卯の花をかざしに関の晴れ着かな

二十一日、両人は、関山を経て白河の左右衛門宅に寄り、さらに歩を進めて矢吹まで行って宿泊した。翌日は矢吹から須賀川まで進み、芭蕉の俳諧の先輩である伊左衛門（等躬《とうきゅう》）宅を訪ねた。白河の関を通過するとき、どのような作品ができたかと訊ねる等躬に、芭蕉は、素晴らしい景色に見惚れ、古来の歌人の名歌を思い出すのが精いっぱい、と答えるのであった。

等窮宅には七泊し、二十三日の蟬吟の祥月命日には送り火を焚き、当地の伊左衛門亭で等躬等と歌仙を巻いた。芭蕉が発句し、等躬が付けた。

風流のはじめや奥の田植歌　（芭蕉）

折からの雷雨に、曽良が、

水せきて昼寝の石やなをすらん　（曽良）

と続けると、芭蕉が付けて、

籭《びく》にかじかの声いかすなり　（芭蕉）

その後を、

一葉して月に盆なき川柳《かわやなぎ》　（等躬）
雇《ゆい》に屋根ふく村ぞ秋なる　（曽良）
賎《しず》が女《め》が上総念仏に茶を汲んで　（芭蕉）
世をたのしやと涼む敷物　（等躬）

有時ハ蟬にも夢の入るらん　（曽良）

樟の小枝に恋をへたてゝ　（芭蕉）

と続け、二十三句目には、

筆とらぬ物ゆへ恋の世にあハす　（等躬）

宮にめされしうき名はずかし　（曽良）

手枕にほそき肱をさし入れて　（芭蕉）

何やら事のたらぬ七夕　（等躬）

そして、締句は、

六十の後こそ人の正月なれ　（等躬）

蚕飼する屋に小袖かさなる　（曽良）

であった。

二十九日、両人は須賀川を出発し、等躬の手配した馬に乗って郡山へ向かった。途中、石河の滝を望み、五月雨で川幅を増した阿武隈川を横手に眺めながら守山に着いた。守山では善法寺を訪れ、雪村、宗鑑、定家、業平《なりひら》等の歌仙、文書、絵物語などの什宝《じゅうほう》を鑑賞した。五月一日は、福島まで足を伸ばしたが、幸い天候に恵まれ、田和田近くに見える安曇山の夏景色を味わいながら二本松へ向かった。途中で芭蕉が、

「このあたりの沼地には、その昔、鏡を磨くのに使った、かつみ草が生えておると聞いておりますが、どうでしょうかな」

と、言い出したので、曽良はあたりを訪ね、土地の百姓にも尋ねてみたが、見出すことはできなかった。そこで、伝説にある鬼の黒塚を訪ねた後、長駆、福島まで北上した。翌二日も好天に恵まれ、山口近くの古蹟に立ち寄り、信夫摺の文字石を訪ねると、荒れ果てたままになっていた。芭蕉は、

早苗とる手もとや昔しのぶ摺

と詠んで、その思いを「おくのほそ道」に記している。

この日は、更に、医王寺近くにある佐藤庄司の館跡を訪れた。義経、弁慶が陸奥へ落ちのびる途中に立ち寄った館である。両人が宿泊した飯坂の宿は土間に筵《むしろ》を敷いてあるだけの粗末なものだったので、一晩中、蚤《のみ》と蚊に悩まされ、睡眠不足で疲れ果ててしまった。気だるい体を鞭打って、翌朝早々、馬で発ち、桑折、藤田を過ぎ、伊達の大木戸、貝田を経て仙台藩の越河の番所に到着し、入藩手形を貰った。行き先は尾花沢と伝えた。その日の宿泊は白石と決め、草臥《くたび》れている様子の芭蕉を馬に乗せて歩を進めた。ところが、途中、馬の鐙《あぶみ》が毀れ、馬方に二分銀を請求された。芭蕉が初めから具合が悪かったと主張したが、馬方はお客さんが無理をしたからだと譲らず、結局、曽良が二分銀を支出してけりをつけた。宿へ着いてから芭蕉が気にして曽良に呟いた。

「とんでもない馬方でしたな。これからの路銀に響きませんかな」

「お任せ下さい……それより、お体の具合は大丈夫ですか」

「終日、馬の旅ですから大分楽になりましたよ」

翌四日、両人は、長旅を克服し、遂に若林川（広瀬川）を越えて仙台へ到着した。途中、竹駒明神を訪ね、門人、挙白が推奨していた、阿武隈の松のある壺の碑を訪れた。芭蕉は老木が枯れて若木に代わっている姿を見て、

桜より松は二木《ふたき》を三月越シ

と、吟じ、地理に心得のある曽良は日誌にこの場所と碑の図絵を添えて、松の由来を記すのであった。

◉おくのほそ道――仙台から象潟《きさがた》へ――

両人は、仙台では国分町の大崎庄左衛門宅に四晩泊まっている。その間に芭蕉は主家筋の縁者で今は仙台在住の俳人、三井有翰（大淀三千風）に会いにでかけたが、不在だったので、手紙を置いて辞し、鶴岡八幡宮と青葉城を見学した。曽良が遠慮がちに芭蕉に話かけた。

「仙台は俳諧が盛んで、師匠が声を掛ければ参加する俳人が多いので立派な歌仙が巻けるでしょうけれど、長期の滞在をすると、仙台藩の注目となり、下手をすれば、私が捕まるかも知れま

せん。そうなると、師匠に御迷惑をかけるばかりでなく、私が御公儀の使命を全うすることができなくなります。従いまして、師匠の御希望もありましょうが、なるべく早く、当藩を通過したいのです。お許し下さい」

「当藩には俳諧を趣向する人が多いようですが、未だ談林風の俳諧が幅を利かせているようで、私等とは相入れませんから、どうぞ、宗悟さんの好きなようにして下さい」

曽良は芭蕉のこの言葉に胸を撫で下ろし、仙台滞在の最後の日は、市内見物をしただけで終《しまい》にし、案内してくれた加衛門と甚兵に短冊を贈った。八日は小雨模様であったが、早朝に出立し、十符の管を見物した後、加衛門が紹介してくれた塩釜の久之助宅に到着したのが昼食前だったので、お湯漬けを食べて、更に、壺碑、末の松山を見に出かけた。夕食後には土地の盲法師を呼んで、琵琶の調べを聴く程の贅沢であった。

九日、両人は、塩竈神社に参拝の後、舟で松島へ向かった。松島の籬島、都島、雄島を巡り、瑞巌寺《ずいがん》に参拝した。瑞巌寺にある、中国からの帰化僧、寧一山の碑文を読み、この僧が故郷の諏訪大社春宮の近くにある古刹慈雲寺を開いた僧であることを知った曽良は慈雲寺山門の書「白崋山」を思い出すのであった。更に、父、忠輝の奥方であり、曽良には義母にあたる、五郎八《いろは》姫（天麟夫人）が、忠輝と離別した後、故郷の伊達藩へ戻り、出家して瑞巌寺で貞節な一生を送ったことを知り、目頭が熱くなり、やがて、涙が出てくるのを止めることができなかった。

この夜は加右衛門の紹介による久良助宿に泊まり、松島湾の夕景を満喫することができた。床に就く前に芭蕉が、松島あたりを詠んだ一句が欲しいのだが相応しい作品が浮かばない、と言いだしたので、曽良が、昼間舟の中で聴いた時鳥《ほととぎす》の声を思い出し、料紙に、

松島や鶴に身をかれほととぎす

と書いて、芭蕉に差し出すと、

「なかなかのものですな……宗悟さんもすっかり蕉風を心得られましたな。これがあれば、私はもう作らんでもよくなった。今夜はこの句で納めましょう」

との答えが戻ってくるのであった。

十日、両人は、初め、一関《いちのせき》へ向かう予定であったが、曽良が旅の変更を芭蕉に云い出した。

「石巻へ寄って行きましょう。回り道をするので、馬を雇います」

「それは、それは……こがね花咲く、という金華山が望めるとよいですな……」

晴天の道を行くと、喉が渇き、矢本の紺野源左の家で湯を貰って一息継ぎ、当夜の宿泊宿として四兵衛宅を紹介してもらった。夕方、日和山に登ると、外海《そとうみ》にある金華山までは臨めなかったが、牡鹿半島の根元にある渡波、遠島、尾鮫《おぶち》の牧山、真野の萱原《かやはら》など歌に詠まれた名所を見渡すことができ、芭蕉は大喜びであった。

宿へ芭蕉を連れ帰った後、曽良は、住吉神社へ参拝に行くと称して商人風の身なりに着替え、

港へ出かけた。公儀から命じられた石巻港の調査をするためにである。港の回船問屋に入り、主人に問いかけた。

「江戸から当地へ十箱ばかりの行李《こうり》に入った商品を送りたいのですが、手頃な船便は御座いますか」

「ははあ……絹物ですか、豪勢なお取引ですな……。今月半ばに江戸を出る便が当港へ到着する予定になっております……」

「その便には一寸間にあいませんが、次の便になりますかな……年に何便あるのでしょうか」

「江戸からの便が四便、大坂からの便が二便です」

というような、会話を交わしながら、石巻港の船便の状況を調査し、公儀への報告書を纏めるのであった。


十一日、両人は、徒歩で登米《とよま》まで歩を進めた。途中の柳瀬まで世間話をしながら地元の農民と同道する機会に恵まれ、芭蕉は御機嫌であった。翌日も、初めは歩いての旅であったが、雨に遭い、山道にさしかかる頃に芭蕉が疲れたと云うので、安久津から一関まで馬に乗った。十三日は、平泉へ出かけ、高館に上り衣川の眺めを望み、中尊寺の光堂、経堂を見学して藤原三代の栄華、盛衰に思いを馳せた。経堂は開帳しておらず、三代の棺を見ることができなかたので、一行は残念な思いで一関へ戻った。芭蕉は往時の義経一行の凄まじい戦を想像して、

夏草やつはものどもが夢のあと

と、詠んだので、曽良も何とか先生の句に答えねばと、頭を絞った挙げ句、義経と共に落ち延びた乳人《めのと》十郎権頭《ごんのかみ》兼房に思い当たり、折から咲き乱れている純白の卯の花にかけて一句を詠んだ。

うの花に兼房見ゆる白毛かな

十四日、一関から中山越えの出羽街道へ進んだ。岩ヶ崎、真坂を経て一ッ栗まではひたすら歩くだけであった。曽良は幼小の頃から歩行には慣れており、旅の行脚はお手のものであった。むしろ、芭蕉を気遣っての遅足の旅路が、そぞろ、堪《こた》えるのであった。折しも雷雨に逢い、この夜は岩手山を望む宿に泊まった。

翌日は、小黒崎の美豆《みず》の小島を見物した後、鳴子温泉で一風呂浴びた勢いで尿前の番所に到着した。手形を見せ、そそくさと番所を通過しようとすると、番人が問いかけてきた。

「尾花沢へ行かれるのに、なに故に遠路の出羽街道を廻られるのですか。越河から当地に来られるまで半月近くかかっておられるが、どのような旅をなさっておいでかな」

曽良が答えた。

「私どもは、陸奥の友を訪ね、俳諧を楽しみながら、旅する者です」

芭蕉も、和して、

「私どもは俳諧師の一行です。決して怪しい者ではありません」

その時、隣を通過した一団の中の一人が、芭蕉の顔をちらりと見て、江戸の俳人、芭蕉先生が旅しておいでだ、と呟いて通り過ぎた。それ見たことかと、曽良が番人に念を押すように、

「御不審があれば、身の廻りをお調べ下さい」

と、言うと、番所の番人はなおも難しい顔で問い掛けを繰り返すのであった。困り切った末、曽良は、芭蕉の顔色を伺いながら隠すようにして一分《いちぶ》銭をそっと出すと、番人は、形ばかりの検査を行った後、番所の通過を許可するのであった。それから、両人は中山、陣ヶ森を越えて堺田まで進み、和泉庄屋の宿に泊まった。

翌日は大雨となり、一行は堺田にもう一泊したが、蚤、虱《しらみ》に悩まされ、馬の小便をする音で睡眠不足に陥った芭蕉は、
蚤虱馬の尿《ばり》する枕もと
と詠んで、憂《うれ》いを振り払うのであった。

十七日は晴天になり、出立しようとすると、宿の主人が、陸奥から山を越えて出羽の国に入る道は険しいので案内人を雇うがよい、と云うので、若者を頼んで出かけた。一行が、笹森の関所を通って山乃伐《なたぎり》峠を越える頃になると道が険しくなった。関谷の関所を越えたあたりで芭蕉は疲れ果て、足が止まってしまったので、案内人が芭蕉を背負って歩を進めた。しかし、尾

花沢に到着し、鈴木道祐（清風）が笑顔で迎えると、芭蕉は急に元気を取り戻すのであった。江戸において芭蕉と俳諧交流のあった清風は当地で紅花問屋を営んでおり、同じ俳諧仲間の高野平右衛門（一栄）は船問屋の主人であった。尾花沢では清風宅を根城《ねじろ》にして十泊した。そのうち、養泉寺には四泊している。芭蕉一行に、清風、一栄、川水をはじめ十人が集まり、歌仙を巻いた。

磯多村はうき世の外の春富て　（芭蕉）
刀狩する甲斐の一乱　（曽良）
むくら垣人も通らぬ関所　（川水）
もの書度に削ル松の木　（一栄）
星祭る髪は白毛のかゝる迄　（曽良）
集に遊女の名をとむる月　（芭蕉）

尾花沢に滞在中に、曽良は、杉風から聞いていた、公儀と連絡のある当地の武士と商人に会い、隣接する伊達藩が藩民に対して最近、租税をどのように取り立て、兵士、仕事師を如何に徴集しているかを聴きだした。その結果得られた情報を纏め、早馬で公儀に送った。早馬は、伊達藩の追及を避けるように、北陸から信州を抜けて関東へ向かわせた。これで、公儀から課せられた最大の仕事を全うし、曽良は安堵の息をつくのであった。

尾花沢の町を飛び回っていた曽良に芭蕉が云う。

「私にはなんのことやらさっぱりわかりませんが、大変な取り込みようですな。それで、宗悟さんの仕事を全うするのでしたら結構な話ですが……ちっとは、体を休めないと……」

「いえいえ、私には大したことではありません。この先、長い旅です、翁は十分に休養なさって下さい」

と、曽良は話を逸らすのであった。

尾花沢に滞在中に清風と素英との歌仙が行われた。

すゞしさを我やゝどにてねまる也　（芭蕉）
つねのかやりに草の葉を焼　（清風）
鹿子立をのへのし水田にかけて　（曽良）
ゆうづきまろし二の丸の跡　（素英）
楢紅葉人かげみえぬ笙のおと　（清風）
鵙《もず》のつれくるいろいろの鳥　（風流）
（以下省略）

おきふしの麻にあらはす小家かな　（清風）
狗ほえかゝるゆふだちの蓑　（芭蕉）
ゆく翔いくたび罠のにくからん　（素英）

石ふみかえす飛こえの月　　（曽良）

（以下省略）

尾花沢から立石寺へ向かったのは二十七日であった。初蟬がけたたましく鳴く立石寺のあたりの岩場を通ったときに浮かんだ芭蕉の句は、

山寺や岩にしみいる蟬の声

であった。曽良は、岩に染み入る、との表現、これが蕉風の俳諧なのだと感じ入った。芭蕉は、後に、「奥の細みち」に挿入する際には、この句の冒頭を変えて、

静けさや岩にしみいる蟬の声

と、詠んでいる。後日、それを知った曽良は、蕉風の周到さに深く頷くのである。

両人は、立石寺の宿坊で一泊して、二十八日の夜は尾花沢近くの大石田へ戻り、高野平右衛門宅で三泊する間に連句会を催した。

五月雨を集めて涼し最上川　　（芭蕉）

岸にほたるをつなぐ舟杭　　（一栄）

瓜畠いさよふ空に月待て　　（曽良）

里をむかひに桒《くわ》の細道　　（川水）

以下、三十二句のうち曽良の句が八句あり、揚句を、

平包明日も越へき峯の花　（芭蕉）
山田の種を祝ふむらさき　（曽良）

で結んだ。「奥の細みち」を纏めるにあたって、芭蕉は立句を、

五月雨を集めて早し最上川

と直し、梅雨時に増水した最上川の光景に集中している。

六月一日、両人は、最上川沿いに北上し、山側に鳥海山、月山を眺めながら名木沢代官所、舟形番所を越えて新庄まで行き、渋谷風流宅で二泊した。その間に、風流の発句による歌仙を巻いた。

御尋に我宿せばし敗れ蚊や　（風流）

に付けて、

初めて荷掘る風の薫物　（芭蕉）
菊作り鍬に薄《うすき》を折添えて　（孤松）
霧立かくす紅のもとすゑ　（曽良）

以下、三十六句のうち四句が曽良の句で、揚句は、

咲かゝる花を左に袖敷きて　（木端）

鶯かたり胡蝶まふ宿　（曽良）

であった。句の流れを変えて、

水の奥氷室尋る柳かな　（芭蕉）

ひるほかゝる橋のふせ芝　（風流）

風渡る的の変矢に鳩鳴きて　（曽良）

とも詠んだ。

両人は、三日に新庄を立ち、本郷海から清川まで舟に乗り、途中、古口、清川の番所を通過し、夕方、南谷に着き、紹介されていた染め物屋の図司佐吉（露丸）の世話により会覚阿闍梨《あしゃり》に会い、別院に宿泊した。当地には九日まで滞在し、その間に、出羽三山の羽黒山、月山および湯殿山に登山した。

曽良は延喜式に記してある唯一神道の羽黒山権現に参拝し、当社が神仏集合により天台宗系の霊山へ変遷したことを実地に知ることができた。両人は、本坊へ三日間に渡って出かけ、歌仙を巻いた。

六月四日の会では、

有かたや雪をかほらす風の音　（芭蕉）

住程人のむすふ夏草　（露丸）

川舟のつなに蛍を引立て　（曽良）

鵜の飛跡に見ゆる三ケ月　（釣雪）

以下、三十二句のうち、曽良は五句を詠んでいる。

十日、両人は、ゆるやかな坂道ではあったが、芭蕉は馬に乗って、露丸と鶴岡まで同道し、申の刻（午後四時半頃）に鶴岡の長山五郎右衛門（重行）宅に到着した。夕食に粥を所望すると庄内名産の民田《みんでん》茄子の漬物が添えてあった。疲れを癒やすために仮眠をとり、夜分になり歌仙を巻いた。

めづらしや山をいで羽の初なすび　（芭蕉）

蟬に車の音添る井戸　（重行）

絹機の幕さわがしう筬《おさ》うて　（曽良）

閏弥生もすゑの三日月　（露丸）

以下、三十二句を吟じたが、うち曽良の句が七句あり、揚句は、

花のとき啼とやらいふ呼子鳥　（芭蕉）

艶に曇りし春山彦　（曽良）

であった。

鶴岡には三泊し、芭蕉の回復を待って酒田へは十三日に舟で旅立った。

酒田で両人は、二晩泊まり、その間に、曽良は酒田港の状況を調べに出かけた。やはり、杉風から聞いていた商人と会い、回船問屋を紹介してもらい、一関で試みたのと同じ手法で最近の酒田港での船舶の出入状況を知ることができた。

芭蕉とは、さらに、伊藤玄順（不玉）亭で歌仙を巻いた。三十六句中、曽良は十二句を詠んでいる。

温海《あつみ》山や吹浦かけて夕涼　（芭蕉）
みるかる磯にたたむ帆むしろ　（不玉）
月出ハ関やをからん酒を持て　（曽良）
土もの竈の煙る秋風　（芭蕉）

に始まり、

綿木を作りて古き恋をみん　（芭蕉）
ことなる色をこのむ宮達　（曽良）

で締めた。

寺島彦助亭でも歌仙を巻いた（挙句は省略）。

涼しさや海に入たる最上川　（芭蕉）
月をゆりなす浪のうき見る　（令直）

黒かもの飛行庵の窓明て　（不玉）
麓ハ雨にならん雲きれ　（定連）
かばとちの折敷作りて市を待　（曽良）
影に任する霄の油火　（任暁）
不機嫌の心におもき恋衣　（扇風）

両人は十五日に酒田を出立し、吹浦番所を通過し、吹浦で泊まり、翌日は女鹿番所を通って夕方までに象潟《きさがた》に到着した。芭蕉にとって陸奥への旅の目的の一つは、既に述べたように、西行の足跡を残す当地へ来ることであった。当日の象潟は生憎の小雨に煙っていて、鳥海山を望むこともできなかった。幸い、翌朝は晴れ渡り、能因島へ舟を漕ぎだして神功皇后ゆかりの蚶満《しょまん》寺に参詣した。その後、能因法師の幽閉跡を見学し、この地を訪れて西行が植えた桜の古木も見ることができたので、芭蕉は大機嫌であった。

象潟に二泊し、酒田へ戻り、二十五日朝まで伊藤玄順（不玉）の宿で世話になった。その間に、美濃からきた商人の宮部弥三郎（低耳）も加わって俳諧を吟じた。おくのほそ道に採用された低耳と曽良の句は、

象潟や料理何食ふ神祭　（曽良）
蜑《あま》の家や戸板を敷て夕涼　（低耳）

波こえぬ契ありてやみさごの巣　（曽良）

更に、吟じた句に、

夕晴れや桜に涼む浪の花　（芭蕉）

象潟や苫屋の土産も明けやすし　（曽良）

象潟や汐焼跡ハ蚊のけふり　（不玉）

海川や藍風わかる袖の浦　（曽良）

象潟や蜑《あま》の戸をしく夕すゞみ　（低耳）

また、別の日に、詠んだ連句に、

忘流奈よ虹に蟬鳴山の雪　（會覚）

杉の茂りをかへり三ケ月　（芭蕉）

磯傳ひ手束の弓を提て　（不玉）

汐に絶たる馬のあし跡　（曽良）

がある。

弥三郎は、曽良と同じ公儀の諜報員で、曽良達とは反対に、北陸路を北上しながら情報収集をして当地に至り、曽良と出合ったのであった。芭蕉が寝静まってから、曽良は弥三郎と入念な情報の交換をした。

◉おくのほそ道——北陸の旅——

六月二十五日から、いよいよ、芭蕉と曽良の、北陸路への旅が始まった。両人は大山に一泊し、次の日は、温海まで南下し、弥三郎の紹介してくれた鈴木所左衛門宅に泊まった。

翌日、芭蕉は鼠ヶ関を通過し越後の中村に到着したが、曽良は関を通らず木野俣近くの参勤交代時に通る街道まで行って米沢藩の様子を探り、小国、小俣を経て中村へ着いた。夜分に報告書を纏め、公儀へ送った。

次の日、一行が中村から大沢を過ぎるあたりで山道にさしかかり、葡萄峠を越え、左手に米沢藩陣屋を見てしばらく進み、三面川《みおもて》（瀬渡川）を越えると村上に到着した。

当地では、既に、芭蕉と曽良の一行がやってくるとの噂が伝わっており、場内へ案内された。村上藩では、曽良が江戸へ出る以前に仕官していた長島松平佐渡守康尚《やすひさ》の三男、良兼が、榊原若狭外記《げき》直久《なおひさ》の養子となり、主席家老になったのであるが、残念ながら若死にしてしまった。曽良の願いは良兼の墓参であった。長島時代から顔見知りの、良兼の部下が顔を出し、菩提寺の光栄寺へ案内してくれ、藩主、榊原帯刀からは、丁寧に、百疋を賜った。村上では一行は大和屋久左衛門宅に二泊した。村上に宿泊中に、曽良は三面川河口の瀬波の港を調べに赴き、港に停泊する船舶の規模を視察した。

七月一日、一行は岩船潟近くの岩船神社を訪れてから村上藩番所のある塩谷で荒川を渡り、乙宝寺に参拝した後、塩津潟に接する築地まで進んだ。翌日は、船で塩津潟から福島潟を経て阿賀野川を経て信濃川へ入り、新潟まで進み、弥三郎の見知りの大工、源七宅に泊まった。源七から港の船問屋を紹介してもらい、港の船舶の出入りを調べることに成功した。

翌日は、日本海を右手に見ながら平坦な道を歩き、内野、赤塚、稲島を経て弥彦に到着し、その日のうちに弥彦神社に参拝した。

両人は、五日、海岸線へ出る前に、西生寺《さいしょうじ》へ寄り、任和七年（八〇五）に日本最古の即身仏となられた、弘知法印の遺骸を拝観した。寺の住職から法印の生涯を語って聴かされた。千葉県八日市場、大浦の鈴木五郎左衛門の次男、音松が放蕩の限りを尽くした挙げ句、懺悔して仏門に入り、村の蓮華寺に勤めて弘知法印と名乗った。やがて、同寺の住職となってから、江戸、陸奥で寺々を建立して回った。その後、高野山で修業を行い、当寺にやってきた。勤めの末、奥の院に籠もり木直《もくじき》断食して木乃伊《ミイラ》となり、六十六歳の生涯終えた、というのである。

曽良は、法印和尚の即身仏となった遺骸を拝見し、只管《ひたすら》、無常感に浸るのであった。夏の暑い日に路上に投げだされた蚯蚓《みみず》や蟋蟀《こおろぎ》の死骸を思い浮かべ、環境に強いられて逃れることのできなくなった虫けら共といえども死の直前には生への執念を断ち切れないだろう。それに引き換え、人の場合はどうであろう。自らの意志で断食を選んだ弘知法印の決断に驚くばかりで、しばらくの間、発する言葉を見出すことができなかった。

寺を辞した後、東の海に佐渡ヶ島を望む小丘に立った時、芭蕉が曽良に話しかけてきた。

「西行がこの地を訪れたとき吟じられた歌に、かような歌があります……」

　売る酒の口あけ石に腰かけん沖乗る舟の魚を肴に

この歌にお答えする私の句は、こんなもんですかな……
　ふみ月やからさけおがむのずみ山
(現在、翁が考えていることと自分が考えていることとの間にはこれだけの隔たりがあるのか)
と、曽良の頭は混乱してくるのであった。

両人は、その後、出雲崎まで足を伸ばした。海のかなたに日が沈み、宿の窓から海上十八里のかなたに佐渡ヶ島が望まれ、出雲崎の天空に姿を現した銀河に目をやったとき、これを句に留めなければ、と芭蕉は手を叩いて喜ぶのであった。出雲崎の宿では、生憎、遊女と泊まり合わせの宿であったので、

「どうです……かような女子《おなご》と出会うと、男心を刺激されませんかな。宗悟さんも、家を離れて三月以上になりますなあ……」

と、芭蕉が曽良に語りかける一幕もあった。

四日後に泊まった高田の六左衛門宅の歌仙で、芭蕉は出雲崎で浮かんだ句を披露している。

荒海や佐渡に横たふ天の川

歌合の当日は時化《しけ》ており天の川は臨める状況ではなかった。たとえ晴天の日であっても宵の天の川は佐渡とは反対側の山並みの上にしか掛からない。そこのところを好ましい情景に置き換えて詠むところに芭蕉の創作力が示されるのだと、曽良はまたまた感じ入るのであった。

七月五日に、両人は、越の高浜を歩き、恵田の渡しを越えて柏崎に到着した。曽良は宿を探しに行くと云い、休憩所に芭蕉を置いて港の様子を調べに出かけた。何軒かの船宿に立ち寄り船便の状況を訊ねたが、思うような資料が得られなかった。最後の船宿では、曽良を怪しむ者まで現れたので、急いで芭蕉のところへ帰り近くを探したが宿は見つからない。次の宿場まで行くことにして、休憩所を立ち、岩場の道を進み、米山峠の亀割坂を越えて関所のある鉢崎まで行ってようやく泊まることができた。翌日は、歩き難《にく》い砂浜の道なので駕籠《かご》に乗って進んだ。駕籠かきは砂浜を歯のない下駄で歩くのであった。

今町（直江津）に到着し、聴信寺で泊まろうとしたが先約があって断られ、古川市左衛門宅まで行って泊まった。

当夜の句会では、

文月や六日も常の夜にハ似ず　（芭蕉）

露をのせたる桐の一葉　（左栗）
朝霧に食《めし》やく烟《けむり》立分て　（曽良）
蚤の小ふねをはせ上る磯　（眠鴎）

連句は、以下、曽良の三句を含む十六句からなり、揚句は、

春雨ハ髪剃児の泪にて　（芭蕉）
香ハ色々に人々の文　（曽良）

で締めた。

七日朝、一行は聴信寺に招かれ、その後、佐藤元仙宅で句会を催し、再び、市左衛門宅で泊まった。

この句会で詠んだ、

星今宵師に駒引いてとゞめたし　（右雪）
色香《いろか》ハしき初苅の米　（曽良）
瀑《さらし》水躍《おどり》にいそく布つきて　（芭蕉）

が残っている。

翌日、両人は高田まで歩き、高田に七月八日から十日まで三泊した。高田城は、家中の争いにより慶長十五年（一六一〇）に改易となった四十五万石の堀越後守忠俊の後を信州中島から

松平忠輝が七十五万石で入封した城である。忠輝の舅、伊達正宗の援助により、土塁で囲まれ、天守閣こそないが、西南の隅に三層の櫓を備《そな》えた城が四ケ月余で完成した。忠輝はこの城に二年しかいない。家康が亡くなった後、兄、秀忠により改易されたのである。曽良はその経緯を思い出し、無念の涙にくれた。しかし、すぐに、そうならなかったら、私という存在がなかったのだ、という思いがよぎり、曽良が複雑な気持ちになっている傍で、

「宗悟殿は、やはり、侍ですなあ……お城に興味を持つところをみますと……」

と、独り言のような芭蕉の声が聞こえたが、曽良は何も答えなかった。

高田で両人は、細川青庵宅および六左衛門宅に泊まり、両宅と桐甚四郎宅で歌仙を催した。

青庵亭での連句は、

薬欄にいつれの花を草枕　（芭蕉）
萩のすたれをあけかける月　（棟雪）
炉けぶりの夕を萩のいぶせくて　（更也）
馬乗ぬけし高敷の下　（曽良）

であった。

十一日、両人は、五智《ごち》如来の居多《こた》神社を拝し、赤岩での犬戻りの難所を越えて能生《のう》まで行った。翌日は、糸魚川の五左衛門の宿で休息した際に大聖寺の僧から二人が宿泊を予定している

全昌寺への伝言を頼まれた。その脚で親不知《おやしらず》の難所を越えて越中の市振まで歩を進めた。次の日は、堺番所を通過、黒部川を渡り、入善、三日市、魚津を通過して滑川まで歩を伸ばした。越中に来て、芭蕉は、大友家持《おおとものやかもち》の歌を思い出し、歌枕となっている、有磯海《ありそうみ》に拘《こだわ》って、

早稲の香や分け入る右は有磯海

と、詠んでいる。

十四日に、両人は、神通川を渡り、放生津《ほうじょうづ》を経て庄川《しょうがわ》を越え、氷見から能登へ行く心積もりであったが、芭蕉の顔色が勝れないので、予定を変更して、申《さる》の上刻（午後四時頃）に高岡に到着した。翌日は、高岡から金沢までの旅であった。連日、歩行の長旅で芭蕉が平坦な道でも喘ぐようになったので、馬に乗って倶利伽羅峠を越え、夕方、金沢の京屋吉米衛の旅籠《はたご》に着いた。

十六日の朝、金沢に居住する、芭蕉の弟子筋の竹雀と一笑に連絡を取ると、竹雀と牧童がやってきて、昨年末に一笑が死去したことを告げた。芭蕉は、しばらくの間、流す涙に言葉もなかったが、一息ついた後、

「世の中は無情なものですな。一笑さんとは私が故郷伊那上野にいた時代からの俳諧仲間でした。私の俳風に賛同され、蕉風を伝える俳諧師として群を抜いておりましたのに……」

と、悔しさを吐露するのであった。

その折、竹雀が、芭蕉を慕う金沢近辺の俳人仲間が宮竹喜左衛（雲行）の家に集まっている、と伝えに来たので、案内を受けて出かけた芭蕉と曽良の両人は、この日から宿を宮竹屋へ移し、

二十四日の朝まで滞在している。
十七日は快晴で、芭蕉は源意庵へ出かけ、雲口、北枝（研屋源四郎）等と句会を開いたが、曽良は体調不良と称し、宿に残った。体調の方は大したことはなく、加賀藩の状況を調べるようにとの公儀からの要請に答えるための口実であった。芭蕉の出かけた後、曽良は公儀指定の者に会いに行き、芭蕉の帰る前に宿へ戻った。曽良は、源意庵への欠席を詫び、次の句を加筆している。

　人々の涼ミにのこるあつさかな　　（曽良）

十八日と十九日は宿で休養を取ることに終始した。十九日に、一泉が来て、二十日に一泉亭での句会を行うことを取り決めた。二十日には、一笑の兄、ノ松《べつしょう》が来て、芭蕉を主客に迎えて一笑の追善会を開きたいと懇願するので、二十二日に開催することになった。
二十日の一泉亭へは、芭蕉、曽良を含めて、十三人が集まり、半歌仙を巻いた。

　残暑暫《しば》シ手毎にれうれ瓜茄子　　（芭蕉）
みじかさまたで秋の日の影　　（一泉）
月よりも行野の末に馬次で　　（左任）
透間きびしい村の生垣　　（ノ松）
鍬鍛冶の門をならべて槌の音　　（竹意）
小桶の清水むすぶ明くれ　　（語子）

七ツより成長しも姨《おば》のおん　（雲行）
より放チやるにしの栗原　（乙州）
読ミ習ふ歌に道ある心地して　（如柳）
ともし消れば雲に出る月　（北枝）
肌寒咳《しはぶ》きしたる渡し守　（曽良）
おのが立チ木にほし残る稲　（流志）
ふたつ屋はわりなき中と縁組て　（一泉）
さざめ聞ゆる国の境目　（芭蕉）
糸かりて寝間に我ぬふ恋ごころ　（北枝）
あしたふむべき遠山の雲　（雲口）
草の戸の花にもうつす野老《ところ》にて　（浪生）
はたうつ事も知らで幾はる　（曽良）

二十一日は快晴で、芭蕉は北枝、一水と連れ立って、句空が住んでいた卯辰山の柳陰庵を訪れた。曽良は体調が思わしくないと称し、北枝の知り合いの医者、高徹に薬を貰い、宿でごろごろして過ごした。翌二十一日は晴天で、芭蕉は一笑の兄が連れてきた俳諧仲間と共に源意庵へ遊びに出掛けたが、この日も曽良は同行せず、加賀藩の状況偵察に出かけた。明けて二十二日は一笑の追善句会がある日で、芭蕉は小春と朝食後、一笑の兄、ノ松の待つ願念寺へ出かけた。句会には、総勢、二十八人が集合した。曽良は腹の具合が優れないからと遅れて参加し、追善句を霊前に供した後、医者に薬を処方してもらいに行くと告げて早退した。曽良旅日記（俳諧書留）に、芭蕉の句に添えて曽良の一笑への追善句が記してある。

塚もうごけ我泣声は秋の風　（芭蕉）
玉よそふ墓のかざしや竹露《たけのつゆ》　（曽良）

曽良は、引き続き、公儀に通ずる要人を訪ねて加賀藩の様子を探っていたのである。翌日、芭蕉は雲口等と連れ立って宮の越へ遊びにでかけたが、曽良は相変わらず公儀からの要請を全うする一日であった。加賀藩の状況始終を纏めた書状を江戸の杉風へ送り、更に、時間が余ったので、長島藩の養父、河合源右衛門へも旅の様子を知らせる書状を送った。

二十四日、両人は、北陸道を進み、小松へ向かった。町はずれまで小春、牧童、乙州が見送り、北枝と竹意が同道して手取川を越え、小松の近江屋まで行き、一行は一緒に泊まった。翌朝、出立しようとしていたところへ当地の俳人仲間がやってきて、今少し小松に留まれという。北枝も賛同するので、逗留することにした。

二十六日に二人は歓水宅へ北枝と共に呼ばれ、句会が催された。歓水亭へ参加した連中は二十二句まで作句したが、揚句に至らずに帰ってしまったので、次の句で納めた。

ぬれて行くや人もおかしき雨の萩　（芭蕉）

心せよ下駄のひゞきも萩露《はぎのつゆ》　（曽良）

かまきりや引きこぼしたる萩露　（北枝）

翌日も、芭蕉は、雲口に案内されて宮ノ越の加賀染商、杉野閏之《じゅんし》宅へ出かけ連句会を催したが、曽良は参加せず、小松の状況調査に明け暮れた。

二十七日は快晴で、両人は、昨日の俳諧仲間共々、近くの諏訪（菟橋《うはし》）神社の祭りを見物に出かけた。滞在を伸ばして欲しいという誘いを辞して、芭蕉と曽良は日吉神社を経て多田八幡宮へ出かけた。多田八幡宮には、平実盛が源義朝から賜った金刺甲冑が奉納してあった。木曽義仲は、幼小の駒王丸のとき、平氏の追及を逃れる際に実盛の庇護を受けたのであるが、それが縁で、弟、手塚太郎等も義仲挙兵を援護したのである。

あなむざんや甲《こうら》のしたのきりぎりす　（芭蕉）

幾秋か甲《かぶと》に消えぬ髪の霜　（曽良）

くさずりのうら珍しや秋の風　（北枝）

多田神社に参拝した折に一行が詠んだ句であるが、曽良の句は、実盛が故郷の諏訪神社下社の御祭神であることを知り、因縁の浅くないことを感じながら詠んだ句である。

その後、二人は、山王神社の神主、藤村伊豆のところへ招かれ、当地の俳人と歌仙を巻いた。

鳥居たつ松より奥に火は遠し　（観生）
乞食起こして物食はせける　（曽良）
麓より花に庵を結びかへ　（曽良）
ぬるむ清水に洗ふ黒米　（志格）
頭陀よりも歌取出して奉る　（芭蕉）
最後のさまの仕方ゆゝしき　（曽良）

七月二十八日の朝、芭蕉と曽良は北枝と共に出立し、多田八幡に句を奉納した後、山道を登り那谷寺に参拝した。白い岩山の上に茅葺きの御堂があり、その昔、花山法皇が三十三ケ所の巡礼を果たしてお造りになったと云う観世音菩薩像が祀られてあった。山道を下って山中に到着し、若い主人（久米乃助）の経営する温泉宿、和泉屋に宿泊した。当地には八月五日の朝まで滞在し、旅の疲れを癒やし、その間に薬師堂を見学した。

その後、芭蕉は道明淵や黒谷橋へ出かけたが、曽良は同道せず当地の公儀連絡係に会っていた。

山中の湯で詠んだ句には、

山中や菊は手折らじ湯の薫　（芭蕉）
秋の哀入《いれ》かはる湯や世の景色　（曽良）

がある。

四日の夜、今後の旅程について相談したところ、福井へ向け出立する曽良の意向に対し芭蕉と北枝は那谷へ引き返したいというので、両者は別行動をとることにして、別れの歌仙を巻いた。

馬かりて燕おひゆく別れかな　（北枝）
花野みだるゝ山のまがりめ　（曽良）
青淵に獺《だつ》のとびこむ水の音　（曽良）
芝かりこかす峯の笹道　（芭蕉）
あられ降るひだりの山は菅の寺　（芭蕉）
遊女四五人田舎わたらひ　（曽良）
蓮の糸とるもなかなか罪深き　（曽良）
先祖の貧を伝えたる門　（芭蕉）

（以下省略）

三句目の獺《だつ》（かわうそ）を詠んだ句をつくりながら、曽良は考えるのであった。
（獺《かわうそ》が飛び込めば確かに水の音がするに違いないが、これでは、翁の「蛙の句」の単なる真似ごとではないか……それに比べ、翁の五句目の「あられ降る……」は、季節の先を詠んだ奥行きのある句である……）

八月五日朝、曽良は芭蕉に二両二分の路銀を渡して別れた。曽良は別れに当たり次の句を書き残している。

行きゆきてたふれ伏とも萩の原
今日よりや書付消さん笠の露

芭蕉と北枝が那谷へ向け引き返した後、曽良は敦賀へ向けて歩を進め、その日は大聖寺まで行って泊まった。夜半に雨が降り出し、裏山に吹きつける風の音に眠れなくなり、曽良は、

よもすがら秋風聞《きく》やうらの山

の一句を寺に残している。

雨天が六日まで持ち越したので、曽良は管生石部神社を訪れただけで大聖寺にもう一泊した。翌日は、吉崎、浜坂浦、細呂木の番所を通過し、海岸にある塩越の松を見て越前に入り、九頭竜川の手前の森田に泊まった。八日は、新田塚を見て福井の足羽川を越え、今庄まで歩を伸ばした。

八日、曽良は、木ノ芽峠を越えて敦賀へ至り、気比神社に参拝してから、唐人ヶ橋の近くの旅籠屋、大和屋久太夫宅に荷物を預けて夕方山に登って敦賀湾を眺望し、船舶の停泊情況を調

べてから下山して舟に乗り色ヶ浜へ到着したのは真夜中であった。当地の本隆寺に泊めてもらい、九日朝、御来光を仰ぎ見てから日蓮遺跡の御影堂を見て、更に、上宮の史跡を訪ねた。その後、常宮まで舟で引き返し、歩いて敦賀へ戻り、公儀から通達のあった商人に会い、敦賀港の取引状況を聴き出した。その後、芭蕉の宿泊する予定の出雲屋弥市郎宅へ行き、北陸の港湾状況を纏めた報告書を認《したた》めて江戸へ早駕で送り、一息吐くのであった。

（これで、公儀から命ぜられた仕事は終わった）

◉伊勢長島から江戸へ

十一日朝、曽良は宿の主人に芭蕉に渡す追加路銀一両を宿に預け、木之本へ向かった。次の日は、長浜まで歩き、琵琶湖を舟に乗って長浜から彦根まで行き、更に、歩いて平田まで行き、禅桃坊を訪ねたが、留守だったので鳥居本まで行って泊まった。

十三日は、鳥居本から多賀へ往復して多賀大社を拝観した後、関ヶ原まで行った。翌日は、南宮神社に参拝し、かねてからの知り合いの不破修理を訪ねたが、蟄居の身で会えないと云い、弟の斉藤右京を紹介してくれた。ここで、曽良は乞食姿をやめて侍姿の岩波庄衛門正字に戻り、右京と同道して大垣まで行き、大垣藩士の近藤如行を紹介して貰い、その家に泊まった。

十五日に、正字は舟で水門川から揖斐川に出て、昔懐かしい伊勢長島に到着した。真っ先に、青年期を過ごした大智院を訪ねたが、住職の良成が留守だったので、小寺宅の門を叩いた。少々老いてはいたが、長島松平藩に仕官していたとき世話になった五郎左衛門が元気な姿で正字を迎えた。正字は、長島には九月二日の朝まで滞在した。

十六日の朝、正字は大智院を訪ね、藩主の妹君、礼の墓に詣でた。思わず涙に頰を濡らし、

（お懐かしゅうございます。正字、只今戻って参りました）

と、頭を下げるのであった。その後、藩邸にいた小出寺五郎左衛門の導きで、松平藩主に会うことができた。

「殿様には益々お元気の御様子、何よりでございます。この度は、芭蕉翁にお伴をして、陸奥、北陸を旅して参りました。越後の村上に立ち寄りました際は、良兼様のお墓にお参りし、長島から移られた御家来衆にもお会いすることができました。」

「かたじけないのう……良兼が生きておってくれたらと、今でも無念に思うことがあります……それにしても、正字殿は立派な神道師になられたのう…その筋からの話では、貴公は御公儀の大事な用務を果たしておるとか……」

「はい、この度は、東北ならびに北陸の諸藩の情勢を視察するのが私の勤めで御座いました。外様の藩内を通過する際、怪しまれないように、芭蕉翁を隠れ蓑にしての旅で御座いました」

「なかなか風流な旅でしたろうな……」

「翁の邪魔にならないように気遣いました。お陰様で、石巻、酒田、新潟、金沢、敦賀等、各

藩の湾港状況を知ることができました」

「お役目果たして、御苦労でした」

正字は松平藩主のもとを辞し、大智院へ行き、和尚に会い、そこへ呼ばれた河合の義父にも会って歓談し、第二の故郷の空気を心行くまで吸って体を休めることができた。頑健な正字も、長旅の疲れのため下痢気味になり、体調を整えるのにしばらく大智院で休養をとる日が続いた。


芭蕉が、既に、大垣に到着しているという知らせがあったので、正字も九月二日に大垣へ向かった。途中、長禅寺に一泊し、三日の夕刻に大垣に着き、谷木因を訪ねると、既に、越人が馬を飛ばしてやってきていた。芭蕉は正字（曽良）と別れてから永平寺に参拝し、等栽宅に泊まって俳諧を催し、福井から今庄へ出た後、正字の歩んだとは別の峠の道へ入り、海岸に沿って越前から若狭へ行き、鳥居本、関ヶ原を経て大垣の加藤源太夫（如行）の家に着いたのであった。この旅の始まる前に江戸から消えた路通が出迎えたので、ひとしきり話が弾んだ。時間に余裕があるので、色ヶ浜を見物したりしていた。芭蕉が如行宅にやって来ると、木因、越人の外、前川子や荊口子が集まってきた。正字が到着するに及んで、取りあえず歌仙を巻きはじめたが、如行宅では手狭になり、竹島町で旅籠を営む六郎兵衛宅へ移って歌仙を続行した。そのときの句として

揚弓の工するほどむつかしき　（曽良）

ゑほしかからぬ髪も薄くて　（如行）
何事も盆を仕舞いて隙になる　（此筋）
追手も連にさそふ参宮　（曽良）

が残っている。
歌仙が終わった頃、鍛冶工の竹戸がやってきて、如行宅で芭蕉の肩を揉んだお礼に戴いた紙《かみ》衾《ぶすま》を題材に詠んだ句を差し出した。

花の陰昼寝して見ん敷衾
虫干しのはれにかざらん衾哉
長き夜のねざめうれしや敷ふすま
首出して初雪見ばや此《この》衾　（竹戸）

そこへ名古屋から駆けつけた越人が、歌仙に参加できなかた悔しさのあまり、

くやしさよ竹戸にとられたるふすま　（越人）

と、読むと、正字が笑いながら混ぜ返した。

たたみめは我手の跡ぞ其《その》衾　（曽良）

釣られて、如行と路通が後に続いた。

ものうさよいづくの泥ぞ此衾　（如行）
露なみだつゝみやぶるな此衾　（路通）

爆笑のうち、宴会が終わりに近づくと、周囲の人々を見まわして、

「そろそろ、私達の俳諧の旅もこの辺で終わりにしたいものです」

と芭蕉が言うと、列席の一同は深く頷くのであった。

三月二十七日から九月四日に至る五ケ月余の、陸奥、北陸の旅がこれで終結した。


大垣で一日の休養を取った後、九月五日の朝、正字が芭蕉を連れて伊勢へ行くことになった。一行が船出に遅れないように揖斐川、木曽川、長良川の合流する河口まで木因が自前の舟で送ってくれた。この途中で詠んだ句に、

萩伏して見送り遠き別れ哉　（木因）

秋の暮行さきざきの苫屋《とま》敷　（木因）
萩に寝ようか萩に寝ようか　（芭蕉）
玉虫の顔隠されぬ月更けて　（路通）
柄杓ながらの水のうまさよ　（曽良）

がある。

木因は、更に、三里ほど旅船に同行し、芭蕉に餞別まで渡した。一行は杉江で舟を降り、長禅寺で昼食をとったところで別れ、正字は芭蕉を連れて長島の大智院まで歩いた。翌日、大智

院に越人が馳せ参じ、近隣の俳人、蘭夕、白之、浅夜も集まり、俳諧を巻くのであった。

ささらぎや落ゆく冑重たくて　（蘭夕）
あらしに光る宵の明星　（曽良）
夕好き夜笈をうしろに突張て　（曽良）
そろ〳〵寒き秋の炭焼　（浅夜）

和尚がゆっくり泊まって行くようにと伝えたが、一行は、伊勢神宮に参拝するからと、九月九日に長島を発った。舟で桑名へ行き、それからは歩いて久居、堤ぜこを経て十二日に館に着いた。それから、長左を訪ねた後、島崎味右衛門宅に泊まった。正字等は、神道師の一行として神宮に招待され、この夜、神宮に奉納する太々神楽を堪能した。翌日、伊勢神宮の内宮式に参列する機会を得て、夜半、神宝の神殿を拝観し、神宮内の天の岩戸や月夜見の森に詣でることができた。

十五日に、正字は芭蕉と別れ、それぞれ、長島、伊賀へ向かった。芭蕉と路通が中の卿まで送ってくれた。正字は、別れに際して芭蕉が口ずさんだ句、

蛤のふたみに別れ行く秋ぞ

を味わいながら、その夜、津に着いた。

翌日、正字は雨中を押して長島の大智院まで歩き、夕食後、藩邸を訪ねて出仕当番の五郎左に挨拶に出向いた。長島で休養する間、当地でゆかりの方々を訪ねた。二十三日になり、熱田

に行く舟の中で長島藩の李左衛門と出会い、舟で夜明かしをした後、名古屋に出て荷兮《かけい》を訪ね、朝食の馳走を受けた。その後、山口へ行き、一泊して、翌日の夕方に越人を訪ねた。越人宅に一泊し、山口に戻り、二十七日に再び荷兮宅を訪れ、当日、遅く長島に帰ってきた。正字は、十月五日まで長島に滞在した後、伊賀へ向けて旅立ち、七日に芭蕉宅へ到着した。芭蕉宅に翌々日までいて、同居していた路通と共に連歌の会に出席した。その後、長島に帰ってきて、荷兮、越人の外、多くの知人に会って過ごした。

正字が江戸へ向かったのは十月十九日で、十一月八日に江戸、鈴木町の自宅へ戻った。七ヶ月ぶりに我が家へ戻った正字は、妻、信《のぶ》に、

「長い間、留守にしましたが、変わりはありませんでしたか」

「はい、恙が無く暮らしていました。実は、貴方様がお出かけになってから、しばらくして、身籠もったことに気付きました。吉川様のお助けもあり、経過は順調で御座います」

「それは、御苦労なことでした」

「来年の春に出産の予定です」

「これから暫くは江戸の勤めなので家に居りますから、そなたも気楽に体を休ませて下さい」

早速、正字は、吉川惟足の道場へ出向き、留守中に妻が世話になったことのお礼を惟足に伝えると、惟足は懐かしげに正字を迎えた。正字が今回の旅行における神社訪問の成果を話すと

惟足も熱心に質問し、数刻が瞬く間に過ぎるのであった。惟足の要請により、正字は、以前のように、道場において神道の所作を若者に教える補助役を任され、さらに、剣術、弓術の指導も委ねられた。

それから、数日も経たぬうちに、吉川道場へ正字の後輩、並河誠所がやって来て、正字を彰考館へ連れ立った。彰考館では館長の佐々介三郎が現れ、正字に伝えるのであった。

「御苦労さまでした。貴殿の陸奥、北陸の地理についての報告は北国の地史編纂に役立つことと思います。ところで、我が殿は、寺社分離の伊勢神道を奉じて水戸藩を改革しておられますが、貴殿の吉川神道と目指すところは同じです。御公儀も保科正之公以来、神仏習合の廃止を図るようになりました。従いまして、貴公が神道師として御公儀のお役に立つ日が参るのも遠からぬことと思います」

「有り難き幸せに存じます」

と、いう正字の言葉で会見が終わった。

明けて元禄三年（一六九〇）正月、信が女児を出産した。命名にあたって、正字の脳裏に浮かんだのは、礼《れい》であった。思えば、若き日の正字が長島時代に思い焦がれた姫の名である。いろいろ迷った末、思い切って、娘の名を礼と命名した。

（姫が我が娘として蘇ったのだ）

正字の思いがこのような現実となって現れていくのであった。礼は、父母の愛に見守られて、順調に育っていった。それから一年ばかり、正字は、吉川道場へ通い、平和な暮らしを続けていた。

この年の暮れに徳川光圀は藩主を綱枝に譲り、太田の西山荘へ隠居した。秋口になると、正字のところへ佐々介三郎の使者が来て、西山荘へ行って光圀に会ってくれと云う。早馬を用意した介三郎と一緒に正字は西山荘へ駆けつけた。

光圀は、笑顔で正字を出迎え、

「貴殿の働きぶりに感服しております」

「恐れ入ります」

「その力量を発揮して、今度は、吉野、京洛の探索をお願いしたいのです。権現様が天下を平定して以来、太平の世になったとはいえ、京洛には公儀に対して不満を抱く武士が、不遇の公家や仏閣僧と結んで、天下を攪乱する時期の来るのを待ちおるとの情報もあり、予断を許しません。現在の吉野、京洛における彼等の動向を探ってきて戴きたいのです。それに、彰考館には我が国各地の地理地史を纏めるように命じてありますが、念には念を入れて資料を集めることが大切です。神道師の貴殿に吉野の山々を巡って戴けたら、これに過ぎたるはないと思います……」

「吉野は私も是非行ってみたいと思っているところで御座います」

「加えてもう一つ大事な役目をお願いしたいのです……吉川惟足殿からも承っておると思いますが、我が皇室は、神武天皇以来、神道と一体になり発展して参りました。その皇室の歴史を纏めて後世に残そうというのが、彰考館の最大の仕事なのです。佐々等が日夜努力しておりますが、文献の収集だけでなく、実地検証も大事です。どうか、この事業に貴殿の力を貸して戴きたいのです」

「そのような大事な役目を私のような者にできましょうか」

「貴殿の脚力に期待しておりますよ……ところで、貴殿は諏訪の出身だそうですな」

「はい」

「諏訪には、少し前に亡くなられましたが、私の叔父の忠輝公がおいででした」

「はい、忠輝公のお世話を私の母がさせて戴いておりました。私も南の丸の殿様にはお世話になりました」

答える正字の顔は緊張のため、蒼くなるのであった。ここで、光圀は、周りの者を退出させて、話を続けるのであった。

「忠輝公が、私とは従兄弟筋に当たる久松松平亮直殿に貴兄の養育を託されたことを聴き、感ずるものがありました。図らずも、貴公が忠輝殿の御落胤であるという噂を耳にし、一層、確信するようになりました。……端的に申して、貴公と私も従兄弟ということになりますな」

「はッ……」

「やはり、そうでありましたか」

正字は幾分か声を震わせて、

「先日、お亡くなりになる前に諏訪へお見舞いに行きました折、忠輝公が目に一杯涙を湛えて私におっしゃったのです……蟄居の身ゆえ、私の口からは言えないのだが……判るな……と、私を抱きしめられました。その眼の光は肉親そのものでした。そして、徳川のために、尽くしてくれ、と、おっしゃったのです」

光圀は沈黙していたが、しばらくして、

「判り申した。これ以上、詮索してはならぬことです。貴公もこの先、いろいろお辛いことがおありでしょうが、頑張って下さい。貴公も私も徳川のために役立つことに励みましょう。そうじゃ……佐々、丸山を呼んで貴公の門出を祝おうではありませんか……」

と、正字は光圀から酒杯を賜り、旧友の丸山はもとより、新たに佐々介三郎とも談論を交わし、千住の伊那代官屋敷に戻ったのは夜半過ぎであった。このような談合の後、正字は、公儀の期待に答える道を進むことこそわが進むべき道である、と誓うのであった。

この頃、芭蕉は、郷里にあって、年の前半は近隣の門弟達と会い、後半になると、大津、膳所《ぜぜ》などで遊び、去来、丈草等と、歌仙を巻いていた。

芭蕉から、伊賀に居住地を定め、俳諧に励んでいるが、痔病の下血が続き体調が優れず、江戸へ帰れないという便りがあった。これに対し、正字は、伊賀の芭蕉に便りを出した。その中で、江戸における芭蕉の弟子筋の近況や元の芭蕉庵近辺の変わりようを伝え、杉風の商売が不振で翁の新居建築が延び延びになっているが、一日も早く翁が深川へ帰って来る日を皆が心待ちにしていること等を記した。さらに、若し翁が年内に江戸へお帰りにならないようであったら、来春、自分が関西へ出かけるのでお逢いできるだろう、との手紙を出した。

◉近畿の旅

陸奥、北陸の旅の報告が好評だったので、公儀の寺社奉行所から、再び、近畿の諸藩、寺院、仏閣の情報を得るようにと、正字に依頼してきた。陸奥の旅のときと同様に、現在、近畿に在住する芭蕉翁を隠れ蓑にして行うのも良策であろう、というのが、公儀筋の助言であった。

ここに、正字の近畿における一人旅が始まるが、知識欲の旺盛な正字は健脚にまかせ日々収穫の多い旅を続けるのである。

元禄四年三月四日に正字は深川から出立し、京橋、藤沢に、それぞれ、一泊し、馬入川（相模川）を渡り、平塚、大磯を通過し、小田原から箱根越えして六日の夜に三島に着いた。翌日は沼津、原を過ぎる頃から右手に富士山を仰ぎ、左手に駿河湾を眺めながら、吉原を過ぎて富士川を渡り、由比、興津を経て江尻に着いた。

三月八日は早朝に出立し、府中の先の安部川を渡り、丸子、岡部、藤枝を経て島田に至り、大井川の渡しを越えて金谷に着いたとき、町は大騒ぎであった。茶屋の亭主に訪ねると、

「長崎から江戸へ向かう紅毛人の一行が、日坂《にっさか》からそろそろ当地へやってくる頃なのです」

「大層な行列なのですか」

正字が訪ねると、

「紅毛人が二人、……一人は通事とのことです……その護衛の武士が十人ばかりいるようです。町人一同、行列の通行する間、外出を控えるようにとの代官所からのお達しです」

この外国人の一行とは、ドイツ人、エンゲルベルト・ケンペルが、幕閣に会見するために、通事のオランダ人、ヘンリッヒ・フォン・ビューテンを伴って、長崎から江戸へ向かう途中であった。半時《とき》ほど経ったときに一行が現れ、休憩中の正字は茶屋の窓から馬上のケンペルの姿を覗き見ることができた。幼い頃、忠輝から聞いたエゲレス人の平戸商館長のことを思い出し、正字は思うのであった。

(忠輝公は、エゲレス人、リチャード・コックスと懇意になり、世界に目覚め、我が国の開国を夢見ていたに過ぎないのに、伴天連の味方と勘違いされ、蟄居の身となった。それから、世の中はすっかり変わってしまった。伴天連の布教が禁止され、布教とは関係なく国内に滞在する紅毛人は、現在、誰憚ることなく、日本のあちらこちらを闊歩している。この紅毛人も商取引に備え、御公儀の朱印を貫

いに江戸へ向かっているのであろう）

この日、正字は日坂《にっさか》に泊まり、翌日は、白須賀、岡崎にそれぞれ一泊しながら東海道を進み、十一日に井戸田の為麿《ためまろ》を訪ねた。それから、熱田神宮に参詣した後、名古屋の荷兮宅に寄り、山口へ行って泊まった。

途中、雨の日が多く、十三日に伊勢長島に着いた日も雨であった。二十一日まで長島で休んだ後、正字は、京都へ向けて出立し、二十五日に京都在住の凡兆に会って芭蕉が奈良へ行っていることを確かめた。翌日、正字は宇治から深草当たりを散策し、神功皇后にゆかりの、藤の森神社に参拝し、黄檗宗発祥の満福寺、藤原時代の浄土教の粋を集めた平等院を参観し、朝廷方の権力の様子を具《つぶさ》に味わうことができた。その後、舟で伏見まで行き、公儀から紹介されていた淀の宮地宅に泊まった。翌日は南都の寺院、仏閣を回り、僧、神官を把握する朝廷の勢力図を調べ、二十八日になって奈良で芭蕉に会うことができた。

芭蕉は正字が想像していたよりはずっと元気な様子で、

「去来、丈草等と巻いた歌仙を軸にして、出板の話が進んでおるのですが、貴殿も是非参加して下さい」

と云う。後に出板された「猿蓑」のことである。

正字は、

「明日は吉野へ行かねばなりません。当地で立ち寄らねばならぬ神社を残しておりますので、吉野からの帰りにゆっくり先生にお会いします」

と伝え、芭蕉の許《もと》を辞した。

（これでは、翁はとても私と一緒に旅をする様子ではないな……一人旅も気楽と云えば気楽ではあるが……）

と、正字は心の中で呟きながら、その日のうちに後戻りして、大和神社、三輪神社に参詣し、泊瀬の武家筋を調べた後、桜井の慈恩寺に泊まった。

三月二十九日から四月二日まで正字は吉野巡りをした。初日は、香久山、橘寺に参拝し、多武峰に登る忙しい一日を過ごした。夕刻になって上市から吉野へ行き、宿泊した。翌日は吉野の奥の院へ出かけ、山桜を観賞しつつ、次の句を詠んでいる。

大峯やよし野の奥の花の果

春の夜は誰か初瀬の堂籠り

四月一日の夜、正字は広橋の孫七宅へ行き、泊まった。広橋家は吉野の地侍《ちさむらい》で吉田神道の流れを汲む家柄であったが、祖先は楠正成と共に後醍醐天皇に仕えた。吉川惟足から立ち寄るようにと紹介されていた広橋孫七は快く正字を迎え、

「先ごろ、水戸の光圀様からのお達しで、我が祖先、源行高次行康、澄康兄弟が楠正成公と共

に南朝に忠君を尽くしたことをお褒め戴き、吉野の豪族の中から八幡庄司に選ばれた由緒ある我が家系を大事にせよとのお言葉を賜りました」

「はい、吉川惟足先生からも、後醍醐天皇の開かれた吉野南朝の正統性……その皇室の加護に当たったのが吉田神道、そしてそれを引き継いでおりますのが我が吉川神道であることを承っております」

と、夜更けまで語り合うのであった。

　翌日、正字は、更に、下市の八幡庄司、市左衛門宅に行き、南朝由来の武家と神道との密接な関係を聞き質《ただ》した。広橋も下市も公儀直轄の地で、公儀の特命を受けてやってきた正字には親切に答えてくれるのであった。雨天が続き、七日まで正字は下市の豪族の家に世話になり、天候に恵まれた翌日、三村山へ登り、夕景色を見てから神谷へ行って泊まった。


　九日から正字は熊野路に入り、不動坂を越えて高野山に登り、夕景を見た後、大又へ行って下市の者と同宿した。翌日は長井まで行って泊まり、次の日の昼少し前に熊野本宮へ到着した。嘗て、吉川道場へ修行に来ていた尾崎氏の営む宿で入浴して、旅の垢を落してから熊野神社に参拝した。十二日、正字は、舟で新宮へ下ったところで雨天の足止めをくらい、当地で泊まった。翌日、那智の滝を見物した後、観音堂に登り、更に、大雲取、小雲取の峠を越えて請川にまで行って泊った。十四日、正字は、再び、本宮の尾崎宅へ寄ってから近露の中尅《ちゅうこく》宅へ行って泊まった。翌日は、朝早く立ち、巳の下刻（午前十一時頃）に高原に着き、地侍の増村衆に会って当地の武家勢力の状況を伺い、印南へ行って泊まった。十六日は湯浅町へ行き、当地の広町あたりの蜜柑畑を眺めながら船で渡り、次の日に和歌の浦を見物した。

万葉の頃、山辺赤人の歌った、

和歌の浦に汐みちくればかたをなみ葦辺をさして田鶴なきわたる

に加えて、芭蕉の詠んだ句、

行く春を和歌の浦にて追いつけり

を思い出しながら、やがて、「猿蓑」に採録される自句を吟ずるのであった。

浦風や巴をくずすむら千鳥

それから、正字は紀州日光ともいわれる当地の東照宮に参詣すると、丁度、和歌祭の日であった。その足で為光上人の建造した紀三井寺にも寄り、弘法大師堂を望み、粟島まで行って泊まった。十八日は、雨が上がってから日前宮《にちぜんぐう》、粉川寺《こかわでら》を訪れ、名手に泊まり、翌日は、檜原を越え、信太森《しのだのもり》の明神を訪れてから、堺で泊まる予定であったが、宿が見当たらず、野宿して凌いだ。

二十日は、妙国寺薬師堂へ行き、藤戎《ふじえびす》島の開帳を拝み、大仙陵、瓜野《うりの》を通過し、住吉に出て天王寺へ寄り、山口常春宅に泊まった。次の日に、正字は桜井氏を訪ねて当地の武家、僧侶の様子を聴き出してから山口宅へ戻って泊まった。二十二日は江戸の自宅へ便りを出してから淀橋で船に乗り川口まで行ったところで船中泊をした。翌日は、兵庫前から高砂前まで船足の遅い旅で終わった。二十四日は、飾磨津《しかまつ》で下船し、姫路を経て書寫の坂本に行き、書寫山に登り、翌日は尾上寺、刀圓寺に参詣した後、加古川に出て、西谷に泊まった。二十六日は雷雨がひどく、雨天続きであったが、正字は、明石に行き、入道の石塔を見学し、かつて源氏の諸氏が月見をしたと伝えられる月浦山の無量寺を訪れた。その足で、一ノ谷、須磨の順に歩き、湊川の楠正成の塚に行き、参拝した。その後、正字は、梶原景時の懸場から生田神社に至り、さらに、布引の滝を見学し、麻耶山にも登って、西宮へ行って泊まった。

二十七日には、正字は広田神社に参詣し、行基菩薩に所縁《ゆかり》の住処《すみか》を訪ね、芥川の將尾寺に参拝してから能因法師に所縁の伊勢寺の小曽部に行き、さらに、桜井の駅から広瀬村の水無瀬《みずなせ》殿の屋敷跡を訪ね、後鳥羽院の御陵を拝観した。その後、水無瀬川を渡って、夕刻に八幡社、宝寺などを訪れてから神道仲間の河原崎宅を訪ねて泊まった。翌日は、小雨の中、久我を経て京都に出た。吉祥院、東寺、さらに、壬生《みぶ》の順に歩を進め、大綱宅に泊まった。三十日に、正字は北野にいる芭蕉を訪問したが、嵯峨の去来のところへ行っていて不在だったので、近くの田中宅に泊まった。

五月一日に、加茂神社に参拝したところ、加茂競馬の足揃式が行われていたので、しばらく見物した後、大徳寺に参詣して、田中宅へ戻って泊まった。

翌日は、好天で、正字は妙心寺に参詣してから嵯峨にある去来の落柿舎《らくししゃ》に行き、滞在中の芭蕉と会い、四方山話に花が咲いた。四日になって落柿舎を出て久我に行き、梅津の渡を越えて桂の里まで歩を進めたところで夜になったので、一定宅へ泊まった。その夜、正字は、桂川近くで蛍の群れに出会い、一句を記した。

三ヶ月に色を争ふほたる哉

五日は、一定と連れだって正字は、先ず、藤森神社に参拝してから伏見稲荷へ行って神輿搬入の作法を拝観した。途中で、一定は帰ったが、正字は、再び、藤森神社へ戻って競馬見物をしてから旅籠大和屋へ行って泊まった。次の日は国寺の真如堂を拝観してから吉田、黒谷を歩き、銀閣寺、鹿ヶ谷を訪れてから談合谷へ行き、高雲寺、若王寺、南禅寺に参拝し、岡崎の聖護院を見てから荒神川原を経て田中宅へ寄り、旅装を普段着に着替えて允昌宅を訪ねたところ、芭蕉が嵯峨から去来の本宅へ行っているというので去来宅を訪ねた。久しぶりに芭蕉に会った正字は、雨天もあって八日の朝まで去来宅に滞在した。

八日は快晴の日で、正字は、妙心寺の北の御室《みむろ》、鳴滝を経て広沢に行き、長好庵、六代屋敷、大沢の池を訪ね、さらに、細谷の独生庵、大門の御所、釈迦堂を見て、愛宕山に登って、清和天皇の御陵に参拝し、このあたり水尾村の百姓が天皇に宮仕えした武士の子孫であることを知っ

落柿舎

た。愛宕山を下って往生院の妓王の墓に参拝し、近傍にある平清盛の石塔を見てから滝口へ行き横笛の石塔を見学し仏御前の御堂を覗いたが閉じていて見られなかった。門を下ったところにある碑石に血で書いた歌が記してあり、横笛が千鳥ヶ淵に身を沈めたことを知り、感傷的な気分になる正字であった。さらに下ると、右手に勾当内侍《こうとうのないし》の住んだ義貞の宮があり、近くに法然上人や明智光秀の墓を訪ね、野の宮に参拝した。それから、天竜寺、法輪寺、臨川寺、鹿王院などを巡り、太秦から糺《ただす》の森を通って金剛寺、妙心寺へも寄り、夕方、北野に帰るという充実した一日であった。翌日も雨天をついて正字は市内を巡り、高尾の太子堂、文覚上人の御影堂、清流権現に参拝し、丹波道を右に見て槇ノ尾寺、栂尾山、高山寺などに詣で、右手に春日、住吉の相殿を見て、光孝天皇御陵に参拝し、北野へ戻った。

十日は、平野今宮、天満宮に参詣し、翌日は小川へ行っただけであった。次の日は雨天で外出せず、十三日は北野へ行き、芭蕉、去来、丈草と会っている。翌日、正字は小川へ引き返し、東山に出かけ、目病地蔵、祇園、長楽寺を見学し、国阿上人の開いた雙林寺へ行って、西行、平判官、頓阿上人等の墓に参拝してから中村の荒右衛門宅へ行って泊まった。


十五日は終日雨で、正字は史邦宅へ出かけて宿泊した。翌日、芭蕉の滞在している北野宅へ行き、夜になって小川の史邦宅へ行き泊まった。次の日は好天で、正字は、芭蕉、允昌、羽紅、荒右、丈草、芦文（佐野治左衛門）、去来等と芝居見物に出かけ、丈草と清水の史邦宅へ行って泊まった。十八日も引き続き好天だったので、早朝、清水を出立し田中宅へ行くが、同道できず、一人で加茂に行き、岩本と橋本の神社に参拝し、更に、市原で小野少将の塚を見て二ノ瀬を通ってから案内人を頼んで鞍馬の本堂に参拝した。その後、岩倉に行き、真相院門跡の所有する明神、観音堂を拝観し、東方の園村に出て御所裏を通る頃夕立に見舞われたので、近くに見える修学院、一条寺へは寄らずに糺の森の下を渡って史邦宅へ行き宿泊した。翌日は晴天で、正字は、田中宅へ借用物を返した後、北野の芭蕉のところを訪ねた。翌々日、正字は、芭蕉、去来、荒右等と黒谷、吉田を訪れ、小川へ行って泊まった。

二十一日は、芭蕉らと芝居見物の予定であったが、雨天で中止した。雨が止んだ夕方、正字は北野の芭蕉を訪ね、そこで泊まった。翌日、田中兄弟が芭蕉のところへやってきたので、一緒に鹿苑寺金閣を廻り、更に、平野の等持寺と妙心寺へ出かけた。妙心寺では開山堂に立ち寄り、花園天皇像、涅槃像を見学した。次の日、正字は小川に行き、芭蕉らと芝居見物をすることができた。同行者の中に、芭蕉の臨終に立ち会うことになる、医師の木節がいた。芝居がはねてから、一向は、請願寺、和泉式部の塚、梅尾六角堂などを見物し、正字は小川に行って泊まった。

二十四日にも正字は芭蕉を訪ねた。夕飯を早くとり、理兵衛と一緒に千本通りにある引接寺の閻魔堂、石蔵寺、蓮台寺、磐船寺を廻って小川に帰った。翌日の正字は、北野天神の参詣のみで終わり、翌々日は、雨で外出せず、芭蕉の選集の仕事で夜更かしをし、翌朝、芭蕉のところへ作品を届けている。

二十八日は、晴れたので、正字は田中宅を訪れたが、兄弟共に留守で会えず、帰るのを待っていると、淡路守、小出守里（淡州公）のところへ行っていた芭蕉が帰ってきたが、黙って座ったまま口も利かなかった。取り付く島もなく、正字は小川の凡兆宅へ帰った。その後、凡兆から聞き、芭蕉の冷たい態度の訳がわかった。京都書司代与力、大久保右衛門史邦が芭蕉等の俳座に熱心で、句集「猿蓑」の出板に力を入れ、派手に振る舞っていたことが裏目となり、史邦が所司代の職務を解任されたことを芭蕉が淡州公から知らされた直後だったのである。翌日、正字は、深井数右衛門宅へ行き、談笑してから、芭蕉、丈草、治左衛門と一緒に祇園の神輿洗を見学し、次の句を詠んだ。

月鉾や児《ちご》の額《ひたい》の薄粧《うすげしょう》

六月一日に、正字は、芭蕉、去来、丈草と白河へ行き、一乗寺の丈山旧庵を見て、下加茂で美濃の素及と後藤三四郎に出会い、史邦宅へ帰って泊まった。翌日は直庵へ行き北野の九郎兵衛に用件を伝え、凡兆宅へ寄り史邦宅へ帰った。

二日から五日までは雨天が続き、正字は芭蕉と凡兆宅で「猿蓑」の編纂を手伝っている。六日の午後、雨が上がったので北野へ出かけ、田中式昭宅へ行って泊まった。翌日は晴天だったので田中兄弟と祇園の祭りを見ながら御馳走になった後、彼等と別れて三条の符屋待ちへ寄り、小川宅へ戻って芭蕉と同宿した。

八日未明に、芭蕉が嘔吐し胃の具合が悪くなったので、九日に叡山へ行く予定を取り止めたが、夕方になると芭蕉の胃の具合も落ち着いたので、正字は見舞いにきた丈草と加茂川の川原へ涼みに出かけ、史邦宅へ行って泊まった。翌日。正字は芭蕉にもう少し休むことを薦めたが、本人は大丈夫だと云うので、二人は叡山へ出かけた。八瀬、小原、証拠の弥陀、薙刀拾藪、朧の清水、落合の滝の順に歩き、寂光院で阿波の内侍像を見学した。寂光院は源平の壇ノ浦の戦いで平家が敗退した後、安徳天皇の生母、建礼門院（平清盛の娘、徳子）が仏門に入り、一門の冥福を祈った尼寺である。大木越しに峰の近くから黒谷を眺め、東塔の戒壇、講堂、並びに、根本中堂を見学して坂本に下り、山王から東照宮へ向かい、参拝した後、大津へ行く予定であったが、雨による出水に阻まれ、滋賀から三井寺の近くの本福寺を訪ねて泊まった。

十一日、正字は小雨の中を三井寺の勧学院本堂、智証大師の墓、新羅明神に礼拝してから乙州宅へ寄った。前日から乙州宅へ来ていた芭蕉は当日現れた丈草と再会することができた。一同、連れだって膳所《ぜぜ》の孫右衛門宅を訪ねた後、幻住庵の庭を見学し、石山の茶屋に行き、案内人を頼んで、宝塔院にある、紹巴の一千句の額と一休の「湖月」の額を観賞し、膳所孫右衛門が紹介してくれた石山の茶屋に泊まった。翌日は笠取峠を越えて再び醍醐へ行き、日野の長明石を見て、朱雀院の醍醐天皇の御陵を拝観しようという計画であったが、跡かたもなくなっていて拝観できず、小野の勧修へ行き、栗栖野を通って花山村で遍照の柱を見物し、更に、念仏寺、花山寺に寄り、大津への道を進み、滑谷を越えて清閑寺に寄り、雷雨の激しい中、川原町を通って中村史邦宅へ帰った。

十三日、正字は田中宅に立ち寄ったが、与左衛門が留守だったので、北野の小川宅へ向かう途中、大津帰りの芭蕉と会った。泊まりは田中宅であった。翌日、正字は、朝早く符屋（麩屋）町へ行き、それから、建仁寺、六道の閻魔堂、安井高台寺、清盛像のある六波羅密寺、因幡堂、新玉、津島、五条天神を廻ってから園韓神を探したが見つからなかったので、西高辻の住吉神社に参拝し符屋町へ戻った。この日も夕方、正字は夕立に遭っている。夕食後、三条通りで神輿の通るのを見物してから史邦宅へ行って泊まった。

十五日は、暑さ当たりの疲れが出たので、正字は小川の凡兆に会っただけで、殆ど出歩かず、田中宅へ行って薬を飲み、十七日まで北野の芭蕉のところで過ごした。向井氏がやってきて談笑などして楽しい一日を過ごした。

十八日は晴天で、正字は朝八時から五条橋へ出て、大中庵遊行寺、東本願寺へ行き、廟所、開山の学問所を見学し、石塔町の大文字屋を訪ね忠信の石塔を見てから智積院、養源院、さらに、三十三間堂に登って市中を見渡し、近くの荒神の宮、今熊野観音に参拝してから東福寺、万寿寺、寶塔寺、瑞光寺を廻り深草元政《げんせい》の墓に詣り、北野へ戻った。

十九日、正字は小川の凡兆宅へ行き、芭蕉、去来と一緒に中村の史邦宅へ出かけた。夜になって芭蕉が佐野の知り合いのところへ招かれて、行ってしまったので、去来と一緒に史邦宅へ帰った。翌日は晴天であったが、正字は出かけず、史邦宅におり、その後、田中宅へ行って泊まった。次の日も晴天の暑い日であったが、正字は二条の綾小路室町西入の大工甚左衛門を訪ね、六条の安否を聴いている。その後、凡兆宅へ行き、芭蕉と連れ立って市中で遊んだ後、史邦宅へ行って泊まった。

二十二日も晴天で、蒸し暑いなか、正字は田中宅へ出かけたが不在なのでそれ以外の人を訪ねてみたが、すべてが留守だったので、北野へ帰り、金兵衛に会い彼の所で泊まった。翌日、凡兆宅を訪れたが留守なので、史邦宅を覗くと芭蕉に会うことができたので夕暮れまで話しこみ、佐野氏に御馳走になった。この夜から翌日にかけてときどき雨が降り、正字は糺《ただす》の森へ行った以外は去来宅にいた。

二十五日、正字は去来宅から連日大津へ出かけている芭蕉と一緒に大津の大和屋へ行き、三条橋で別れて高田宅へ行き、ゆっくり遊び、夕飯を食べてから北野へ帰ってきた。翌日、正字は梅宮に行き、西行桜、松尾を見てから樫木ヶ原に行った。その時、雨に遭ったので、大原野の西に進み、岩倉金蔵寺から山を越えて三鈷寺《さんこじ》へ、さらに、丹波道を横切って光明寺へ行き、法然上人の像、小塩里の火葬跡、張り子の如来、枯松などを見学し、久我へ行って泊まった。次の日は、水無殿の屋敷跡を訪ね、金龍寺へ登り、伊勢寺の能因の塚、上宮《じょうぐう》天神の的場を見て、芥川の宿に泊まった。

二十八日、正字は朝早く出立し、総持寺、勝尾寺に参拝してから山越えして箕面に出た。滝川に沿って一里半下り、大坂への分岐点にある小曽根の渡しを渡り、さらに、長良川を越えて物社に出て国分寺跡を通って生玉《いくたま》神社に着いた。生玉神社は祭礼の日で賑わっていた。生玉神子町の宿の主人は神社の神主が兼ねており、宿で、正字は奈良、京、江戸からの宿泊客と四方山話をした。翌日は、住吉、堺へ出かけ、帰りに天王寺の東南にある顕家の塚、赤松善五郎の塚、さらに、本田出雲が討ち死にした茶臼山に行き、生玉の宿へ帰った。

七月一日、正字は、桜井宅を訪ねて談笑した後、平野町へ書状を届け、弓の射的所を覗いて弓談義にしばらくの時を過ごした。その後、千干《せんかん》を訪ねたが不在で、天王寺にある真田の出丸を見て生玉の宿へ帰った。翌日は、玉造を経て若江へ行き、牧岡神社、四条畷、道明寺を廻り、南朝の天皇御陵に拝願し、高安明神、藤井寺に寄り、古市に泊まった。次の日、正字は上太子に出かけ、開帳されていた御堂に参拝してから水分の三郎兵衛を訪ね、二人の子供にも会い、昼食を御馳走になっていると雨が降ってきたので止むまで三郎兵衛宅に邪魔した。その後、水分神社に参拝し、観修寺へ行って空心僧に会ってから千早城、金剛山を訪れ、西宿坊に泊めてもらった。四日は、金剛山から赤坂城や霧山を望みながら高天寺へ下り、高野道を横断して未の上刻に広瀬に着いて泊まった。翌日、正字は洞村を経て、大峰山上ヶ岳の南坊に泊まった。翌々日は、西の覗《のぞ》き鐘岩などへ登った後、天の川、弁財天等に行き、笠木、桂原、長瀬を通って横瀬村に行き、広橋の孫七の宿に泊まった。

七日、正字は宿の付近を探索しただけで佐野宅へ便りを出した。翌日、正字は峠村を経て畝火へ行き、神功皇后の御陵に参拝し、その後、今井の芝の塚で神武天皇の御陵にも参拝し、さらに、蘇我家の屋敷跡の神社を見てから高田に出て二上岳を眺めながら当麻《たいま》、染井を探索した後、達磨寺へ着いたので宿を探したが、見つからず、吉村与惣兵衛という庄屋に泊めてもらった。次の日、正字は案内人を雇って達磨寺の開帳を見学した後、与惣兵衛宅に寄り、立田神社に詣り、立田川を渡って広瀬神宮にも詣でた。その足で、奈良の法隆寺、薬師寺、招提寺を訪ね、菅原の天神、伏見の西大寺、法花寺、眉間寺を巡って、町に出て、礼の辻から鴨へ行き泊まった。

十日、正字は笠置へ行き、南朝の史跡を廻り、嶋ヶ原から伊勢上野の意専（猿雖《えんすい》）宅に泊まり、夜更けまで語り合った。翌日は、意専宅に滞在して語り合い、夜になって芭蕉への手紙を書いた。翌々日、出立前に、正字は小川へ行く人に芭蕉宛の手紙を託し、阿波長野を経て久居へ行き、長禅（膳）寺に泊まった。十三日、正字は、再び、伊勢神宮の外宮、内宮に参拝し、宇治の磯野宗九郎宅に泊まった。夜半、宇治橋に出て涼んだ後、幽玄に便りを書いた。翌日、正字は、磯部へ行き、五十鈴川のあたりを歩き廻り、杉坂の茶屋で休み、逢坂峠を越えて伊雑の宮、大年の宮に詣でから大杉谷の十之助宅を訪ね、友之丞内平太夫等に会い、磯野宅で宿泊した。

十五日に、正字は早朝から伊勢神宮へ出かけ、忠臣の祓に参加し、神道師として社務所で講演をした。講演が終わった昼過ぎに友之丞で御馳走になり、磯野宅へ帰ったが、夜半、激しい雷雨に見舞われた。翌日、正字は、再び、宇治の内宮、外宮に行き、参拝後幽玄宅へ寄り預けてあった荷物を貰い受けてから月夜見の社に詣り、宮川に出て雲出《くもず》というところで泊まった。宿では踊り騒いでいる客がありよく眠れなかった。翌日は雨が降ったり止んだりの一日であったが、伊賀上野から高岡川を渡り桑名を経て長島藩の大嶋に行き、安田左五兵衛へ正字の到来を知らせた。宿泊は小寺五郎左衛門宅であった。

十八日から二十五日まで、正字は長島藩内の知人の家に宿泊し、かつての知り合いを尋ね廻った。十八日は晴れ上がり、正字は小芝小右衛門と医者の森恕庵玄忠由軒《しんじょあんくろただゆうけん》を訪ね、森宅で泊まった。翌日は、時々雨が降り、政右衛門が森宅へやってきたので、正字は小芝宅へ同道して談笑した後、再び森宅へ帰って宿泊した。次の日、正字は白井源兵衛重高宅および藤田八郎左衛門雅純（蘭夕）宅へ呼ばれ、大嶋の小寺宅へ行って泊まった。

二十二日、正字は安田へ行き大智院を訪ね、小芝宅へ行って泊まった。翌日は、森宅へ行ったが、更に、渡部平六郎宅に招かれた。夕方、光丘寺に寄り、小芝宅へ帰って泊まった。次の日、正字は小寺宅、松井宅へ寄った後、小芝宅へ戻り、江戸へ帰る準備をした。

七月二十六日に、正字は大嶋を出立し、八月の初めに江戸へ帰った。半年を越える近畿への長旅が終わった。

◉再び江戸での生活

江戸へ帰った正字は、先ず、彰考館の佐々介三郎を訪ね、吉野、洛京の神社の近況、神社の社主に繋がる武士の動向を報告した。その後、吉川道場を訪ね、惟足に洛京における神仏習合の状況を伝え、これに対して唯一神道を普及するための攻略法を論じるのであった。この席には並河誠所も参加し、議論が盛り上がった。ひと休みしたとき、並河が正字に云う。

「いろいろお世話になりましたが、吉川先生から御許可が出ましたので、数日中に本道場をお暇《いとま》して郷里へ帰る予定です。ところで、私の先輩の、関祖衡《そこう》さんが貴方にお会いしたいと申しております。実は、半年前に貴方のお宅を訪ねたのですが、そのときは、既に、京洛へ向け出発されておられました。この度、お帰りになりましたことを関さんに知らせましたところ、是非お会いしたいと申しておりました。残念ながら、私には関さんをお連れする時間がありません」

「お言葉、確かに承りました。関様にお会いできる日を楽しみにしています」

このやり取りがあってから後、八月の半ばに正字が関祖衡を訪ねた。祖衡は大変喜び、日本国の地史を纏めたいとの意向を正字に告げるのであった。そして、地史の執筆に当たって、正字の吉野、洛京の旅のみならず、芭蕉との陸奥の旅が大変役立っていることを告げ、更なる教えを乞うのであった。それからというもの、両人は、しばしば、会合の機会を持ち、祖衡は、正字の立ち寄った各地の状況を聞き出すことに成功した。二人の親交は深まり、祖衡も俳諧に手を染めるようになり、俳号を木斎と名乗るのであった。

この年の暮れに、芭蕉が従兄弟で弟子の勧兵衛（桃隣）を連れて江戸へ帰ってきた。江戸の弟子の其角と嵐雪は俳諧師として名をなし、俳諧の点者として多額の収入を得て、豪勢な生活をしていた。彼等の計らいで、芭蕉は橘町に住まい構えたが、点者の生活を好まず、以前住まっていた芭蕉庵のようなところに移りたい、と杉風と正字に告げるのであった。彼等は、深川に適所はないかと探し廻ったが見出せず、小名木川近くのお船蔵に相応の土地を見出した。芭蕉に質すと喜んで移りたいというので、この地に杉風と枳風《きふう》が出費し、正字と岱水《たいすい》が佇まいの趣向を凝らして、草庵を建てた。そして、翌、元禄五年の五月半ばに芭蕉を迎えたのであった。

新庵には、再び芭蕉の木を植え、弟子達が、こもごも集まって、俳諧の座を開催したが、芭蕉は、町の衆を集めての俳諧の採点を一切行わず、弟子達からの差し入れによって糊口を凌ぐ毎日であった。この時に詠んだ止字（曽良）の連歌を取り上げると、

蒟蒻《こんにゃく》の色の黒さも珍しき　（沾蓬《ちょうほう》）
祭の末は殿の数槍　（曽良）
沓掛の峠ほのかに花の雲　（曽良）
けふも野の間に燕打ちあみ　（湖風）

馬取の卸背《はたせ》乗行く霜ふみて　（曽良）
朝のいとまの堤煙草売る　（石菊）
能因が身は留まらぬ雁の声　（曽良）
釈迦に讃する壁の掛物　（杉風）

弟子の冷葉が美濃に帰国するにあたり、芭蕉は送別の歌仙を開いたが、その中での正字の付け句は、

落着に風呂いゝつける伊勢のお師匠　（岱水）
先日和よき秋の夕暮れ　（曽良）

葛飾の素堂宅で、芭蕉、酒堂、嵐蘭等とで詠んだ忘年会の句会での正字の句に、

文箱の先模様見る衣《きぬ》くばり

がある。


元禄六年の正月明けに杉風が正字のところへやってきて、告げるのであった。

「曽良さん、大変なことになりました……」

「何です。そんなに難しい顔をして……」

「実は、昨日、魚の仕入れに出かけた千葉の在で、偶然、お貞さん……翁のところにいたお貞さんに会ったのです。船問屋の下働きをしていました。」

「桃印さんと一緒に住まっているのですか……」

「そのような素振りでした……お貞さんが私に縋るように言うのです……桃印さんが病気になり仕事ができなくなって家でぶらぶらしており、最近は、しきりに、翁に会いたいと云っているのだそうです……先生には合わせる顔がない私達ですが、なんとか、桃印さんだけでも先生

に会わせて貰えないか、というのです」

話を聴いた正字は、

「翁がお知りになったら、びっくりされるでしょうな。外部に気付かれないうちに桃印さんを翁の所へお連れしましょう。お貞さんと子供たちは千葉にいて貰いましょう」

「私もそれがよろしいかと思います。どうか、曽良さんから翁に話して戴けませんか」

という結論になり、正字が翁のところへ出かけ桃印に会うようにと説得すると、芭蕉は半ば諦めたような渋い顔で正字の提案に納得した。二月中旬に正字と杉風が担ぐようにして桃印（勘兵衛）を翁の新居に連れてきた。桃印は激しく咳きこみ、目を伏せて黙したままであった。正字が、

「先生、桃印さんの病は大分、悪いようです」

と伝えると、芭蕉は、険しい顔で、

「何処《どこ》を如何《どう》、うろうろしていたのか知らんが、迷惑も甚だしい」

桃印が口ごもりながら答えようとするので、芭蕉が遮って、

「話は、病が落ち着いてからにしなさい……曽良さん、杉風さんにはお世話をかけて誠に申し訳ありませんな……桃印、心から御礼を申し上げなさい」

桃印の病状を医者に診てもらうと、労咳とわかり、処方された薬草を煎じて飲んでいたが、

一向に快方に向かわない。やがて、血を吐き床に臥せる毎日となり、便所へ行くのにも弟子の桃隣の手を借りるようになった。重症の床で桃印は、途切れ途切れの言葉で芭蕉に対するこれまでの己の非行を詫び、貞並びに貞と生活を共にする次郎兵衛と娘二人、まさとおふう、の面倒をみることを芭蕉に願うのであった。

芭蕉は次郎兵衛を呼び寄せ、桃印の看病に当たらせた。しかし薬石効なく、桃印は三月下旬に死去した。享年、三十三歳であった。桃印の密葬に、芭蕉は貞を呼ばなかった。その直後、正字が芭蕉庵を訪ねたとき、芭蕉は呟くように語るのであった。

「出棺前、仏になった桃印に貞が会いたかったことはよくわかるのですが、どうしても許せなかったのです」

「お貞さんは入信して寿貞と名乗られ、謹慎しておられると伺いましたが……」

「……曽良さん、少し時間を下さい。奴等に対して、決して、酷《むご》いことはしませんから……」

と答えただけで、芭蕉は貞や子供等のことを一切話さなくなった。

七月中旬に、芭蕉は、厳しい夏の暑い最中、「閉関之説」を書いて一ケ月余り、庵を閉じて誰にも逢わなくなった。桃印の死去に続く貞や子供等の処遇に心労して体調を損ねてのことであった。

八月中旬になると、閉関を解き、再び、芭蕉庵で歌仙を行うようになった。この頃の俳諧の

付き合いにおいて詠んだ正字（曽良）の句は、

湯入衆の入草臥《ふし》て峰の堂　（曽良）

黒部の杉のおし合って立　（芭蕉）

約束にかがみて居れば蚊に喰はれ　（曽良）

七ッの鐘に駕籠呼びに来る　（杉風）

他に、正字は、秋の草庵近くの風情を詠んで、

さし引きの汐にながれる望月夜

伊勢長島時代に出かけた長良川の秋を思い出して、

餌かひして戻る篝《かがり》や鵜の勢ひ

の句も残している。

この年の十二月六日に、齢老いた吉川神道の創始者、惟足が隠居し、嗣子、従長に館長の職を譲った。従長と長年の知己である正字は吉川道場の要職に迎えられた。

年が明けて元禄七年四月中旬に芭蕉は、正字同伴の、陸奥の紀行記を書き終え、「おくのほそ道」と名付けて発表した。素竜の清書した定稿三通のうち一通が正字（曽良）に託された（河西本）。

既に、曲水宛の書簡でこの年に上洛する意向を伝えていた芭蕉は五月十一日に次郎兵衛を伴っ

て伊賀上野へ向かった。出立に先立って、芭蕉は、自分達のいなくなった草庵で貞と二人の子供達が暮らすようにと杉風に頼むのであった。桃隣等の芭蕉の門人が品川まで送り、正字が、さらに、箱根まで見送った。十四日に雨の降る箱根の関で芭蕉達と別れた時に正字が詠んだ句は、

ふっと出て関より帰る五月雨

であった。

正字が江戸へ帰って間もなく、入信して寿貞と名乗った貞と娘二人が芭蕉のいなくなった草庵に移り住むようになった。

一方、芭蕉は旅の途中名古屋に三泊し、荷兮や野水、越人と会って、かつての彼等とのわだかまりを解き、五月二十八日に伊賀上野に到着した。翌閏五月半ばまで郷里の人々と会ったり、俳席を勤めたりしていたが、その後、大津の医師、木節および膳所《ぜぜ》の僧、遊刀のところへ伺い、二十二日には嵯峨の去来の別荘、落柿舎に入り、六月十五日まで滞在した。ここで、芭蕉は、湖南、京都の俳人達の歓迎を受け、俳諧が活発に行われた。

ところが、六月の初めに江戸から貞の死去の知らせが届いた。桃印との同棲により移された労咳がなせる業であったが、芭蕉の驚きと嘆きは大きく、貞との来し方を思い、貞に対する自分の仕打ちを顧みて眠られぬ夜が続いた。その結果、芭蕉は体調を崩し、次郎兵を江戸へ帰すのが精一杯であった。

六月十五日から七月五日まで芭蕉は、義仲寺の無名庵に、支考、素牛と一緒に滞在し、その後、京都を経て七月中旬に伊勢上野へ帰った芭蕉は実家で盂蘭盆会を催し、貞の冥福を祈った。その時詠んだ芭蕉の句は、

数ならぬ身とな思ひそ玉祭り

兄、半左衛門宅の裏庭に芭蕉のために新庵が建てられ、八月十五日には月見の句会が催された。

九月八日に芭蕉は支考、素牛および江戸から戻ってきた次郎兵衛を伴って大坂への旅に出た。落柿舎に芭蕉が滞在していたとき、酒堂（珍碩）と之道が別々に訪れ、大坂への来訪を願った。芭蕉が将来を期待していた酒堂であったが、大坂では先輩の之道を軽んじて両者の間に確執が生じたのであった。芭蕉は両者の和解を願って体調の優れぬまま大坂へ向かった。九日に酒堂の家へ着くと、酒堂は門人を集めての句会を予定していた。その夜から芭蕉は発熱し、十三日の月見の会は翌日に延期されて行われた。酒堂の施薬により芭蕉は小康を得て、十九日と二十一日に、再び、句会が行われた。

二十一日の句会は車庸（商人、塩江長兵衛）亭で行われ、芭蕉、車庸の外、酒堂、之道、遊刀、依然、支考が参加した。

秋の夜を打崩したる話かな

を芭蕉の発句として十八句歌仙が詠まれたが、途中で、酒堂と之道とが句に託して睨み合い、

後半になると、之道は句を詠むのを止めてしまった。芭蕉は気が気ではなかったが、車庸、依然の計らいで、なんとか収めることができた。その後、芭蕉の容態が優れないので、身柄を酒堂宅から之道宅へ移した。しかし、義理堅い芭蕉は少し気分がよくなったと言い、二十六日には、江戸から大坂へやってきた門人、泥足の予てからの願いを受けて、大坂新清水の料亭、浮瀬《うかむせ》において十吟半歌仙を吟じ、二十七日には園女《そのめ》亭で九吟歌仙を興行した。この時に詠んだ芭蕉の次の句は芭蕉の目指した軽みに徹した作品である。

秋深き隣は何をする人ぞ

翌々日の夜から芭蕉の下痢がひどくなり、容態は日毎に悪化した。十月五日に之道宅から静かな南御堂前の花屋仁左衛門の貸座敷に芭蕉の病床が移された。酒堂を除く、支考、素牛、之道、舎羅、呑舟、次郎兵衛らが付き添って看護した。七日には、膳所《ぜぜ》の正秀、京都の去来、大津の乙州、木節、丈草、彦根の李由らの門人が芭蕉のもとに馳せ参じた。

八日の夜、呑舟《とんしゅう》に書き取らせた句、

旅に病んで夢は枯野をかけ廻る

が芭蕉の辞世の句となった。

十日の暮れ方から高熱を発すると、芭蕉本人が死期を悟り、夜に小康を得たとき、支考に遺書三通を口述し。兄、半左衛門へは自筆の遺書を書いた。上方へ来ていた其角が十一日に駆け付け、十二日の申の刻（午後四時頃）に芭蕉は亡くなった。享年、五十一歳であった。遺言に従って、遺骸は、十三日に、去来、其角、乙州、支考、丈草、素牛、正秀、木節、次郎兵衛に付き添われて淀の河舟で、芭蕉の希望していた義仲寺に運ばれ、十四日に葬儀が行われた。列席者は三百人に達し、遺体は同日深夜に埋葬された。葬儀の後、芭蕉の遺物が弟子達に形見分けされ、玄旨法師から紹巴、貞徳、貞室、季吟を経て芭蕉に伝わった鳥羽文台が義仲寺に奉納された。

芭蕉の死去を伝え聞いた江戸の弟子達は、芭蕉追善の句会を二十日と二十三日に開いた。前者は、其角、嵐雪らを中心とする技巧派の句会、後者は、芭蕉が最後に到達した「かるみ」派の句会で、杉風、子珊らにより行われ、野披、孤屋、利牛に加え、正字（曽良）と桃隣が参加している。芭蕉庵の遺物を弟子達で形見分けし、正字は、「野ざらし紀行」の稿本と、芭蕉が最初に作った、二見文台を形見として戴いた。追善句会の三日後、素堂から曽良（正字）宛の書簡（十月二十六日付）を受け取った。嵐雪と桃隣は上洛しており、二十五日に大阪に着いたことが判った。

芭蕉の死後、江戸の俳壇は、技巧派の其角と沾徳《せんとく》が勢力を伸ばし、平易な表現を重んじた「かるみ」派は遅れをとり、地方への普及を図るしかなかった。このような状況のなかで、後者に属する正字は、次第に、俳諧の席に出る機会が少なくなり、本業である神道師としての職務に力を入れるようになった。
そのようなとき、嫡子、従長に道場長を譲り、隠居していた吉川惟足が十一月十六日に死去した。享年七十九歳であった。京都の師、吉田兼従の顰《ひそみ》に倣い、道義沼屋敷の墓上に祠を建て視吾堂霊社と名付けられた。

元禄九年、十年は、平穏に過ごした正字であった。その暮に詠んだ句に、

押し合いを見物するや年の市

元禄十一年（一六九八）の正月に、早朝、吉川道場へ新年の挨拶に出かけ、帰宅した正字は縁先で六歳になった娘、礼が母を探して声高に叫んでいる姿をみて久しぶりに句を詠む気分になった。

掾《えん》に出て鶯待に礼の声

娘を思う正字の心情が察せられる。正字、五十歳の春である。
それから二年後の元禄十三年十月半ばに、庵主のいなくなった旧庵で、杉風、岱水、依々らによる芭蕉七回忌の追悼歌仙が行われ、正字も曽良として参加した。このときに詠んだ正字の句は、

俤や冬の朝日のこのあたり

翌十四年の秋にも芭蕉を偲んで、正字は詠んだ。

むせぶとも芦の枯葉の燃しきり

元禄十五年（一七〇二）八月十五日に諏訪の高野家の姉、理鏡が亡くなった。正字は、九月早々、未だ訪れたことのない関東から更科にかけての神社仏閣訪問の旅に出た。此の旅の後、諏訪に立ち寄り、忠輝公と姉、理鏡の墓参をしてから大津義仲寺の芭蕉の墓を訪ね、更に、伊勢長島の秀精和尚の墓詣りを目指したのであった。

手始めに、正字は中山道を進み、武蔵国の一ノ宮氷川神社を訪れた後、大宮宿近くの正観世音と、これより一里程東方の簸川《はがわ》大明神に詣でた。前者が男体宮、後者が女体宮である。次いで、天狗山の山麓伝いに進み、伊香保近くの榛名神社に訪れた。延喜式神名帳上野十二社の一つである。洞窟内に御内陣を祀り、接続した拝殿を持つ権現造りの神社を正字は甚《いた》く気に入った。このあたりは、やがて、正字の終《つい》の住まいとなる地である。

続いて、中山道を軽井沢、追分へ進み、ここから北国街道へ曲がり、真田十万石の松代城下を経て長野善光寺に参拝した後、戸隠山に登り戸隠神社に参拝した。九月十五日に信州更科に到達し、田毎の月を観賞した。芭蕉が十五年前の元禄元年八月の十五夜に、この地において同じ月を見て詠んだ句、

俤《おもかげ》や姨《おば》一人泣く月の友

を思い起こし、姥捨山に登って芭蕉の足跡を偲んだ。

塩尻峠からの諏訪湖の眺望

その後、小笠原七万石の松本城下を通り、塩尻峠を越えて下諏訪に出た。そして、諏訪湖畔に到着したときは、ほっと一息吐く思いであった。諏訪神社の春宮、秋宮に詣った後、松平忠輝公の墓参に貞松院へ向かった。ここ数年の、来し方を忠輝の墓前に報告することによって、正字の心に落ち着きが戻って来るのであった。その後、高野家を訪れると、弟、五左衛門は快く兄、正字を迎え、旅の疲れも忘れて、夜更けまで兄弟で話し合うのであった。翌日、小林家に嫁いだ、今は亡き姉、理鏡の墓に詣でた。寺には理鏡の娘が正字を迎えに来ていた。娘は母の実家、河西徳左衛門の子、杢左衛門（周徳）に嫁したのであった。娘は、墓参りの後、正字を河西家へ案内した。夫、

周徳は俳諧に熱心で、正字（曽良）を尊敬しており、しばし、俳諧談義に花が咲いた。この滞在中に詠んだ正字の句に、

襟割りて古き住家の月見かな

がある。周徳は、正字の死後、正字（曽良）の句を収集し、「雪まるげ」を編纂している。

河西家を辞してから、正字は木曽路を進み、美濃路へ出て、大津を目指した。大津へ到着すると、かつて芭蕉が「猿蓑」を編集していた無名庵を訪ねた。主はいないが、当時そのままの佇まいに正字の胸は熱くなるのであった。翌日、義仲寺を訪ね、芭蕉の墓詣りを願うと、寺僧が、「芭蕉庵桃青法師」と記した位牌の前に導き、読経を行った後、木曽義仲の墓と背中合わせに並ぶ芭蕉の墓へ導いた。遺骸を埋めた塚に「芭蕉翁」と記した墓石を目前にして正字はじっと無言で手を合わせた。芭蕉との来し方の様々な場面が思い出され、感慨に耽るひと時を過ごすのであった。

墓参後、正字は粟津に行き、近江の俳句仲間、丈草、正秀、尚白等を訪ね、芭蕉の思い出を語らいあった。墓参のときに詠んだ句を正字は正秀に残した。

拝みふしてくれないしぼる汗拭い

その後、正字は、伊勢長島を訪れ、大智院の秀精和尚の墓に詣でた。大智院の現在の和尚は、正字が長島藩に仕官していた時代から当院に奉じていた僧であり、親しそうに正字に話すので

忠輝公の墓

あった。

「貴公がよく御存知の松平忠充公は配置換えになり、諏訪は増山公が藩主となられました」

「うすうす伺っていましたが、残念なことです」

「松平の殿様にお仕えしていた藩士の多くが禄を失い、再仕官を果たせず、この長島に逼塞《ひっそく》しておられます。お気の毒ですが、私どもにはどのようにもお手助けすることができません……」

住職から長々と愚痴めいた話を聴いた正字は城を訪ねる縁《よすが》を失って、そこそこに長嶋を後にした。

◉正字の南海道調査

光圀の隠居に伴い、江戸水戸藩屋敷の彰考館館長の職を辞して常陸太田の西山荘へ赴いた佐々介三郎宗淳《むねきよ》の後を受け継いで、彰考館の館長を務めていた安積《あさか》覚兵衛澹泊《たんぱく》は大日本史の編纂のための全国調査の要員が手薄になっている現状を打開しようと、水戸藩の神道方を勤め、佐々介三郎と全国調査にも同伴したことのある丸山雲平可澄《うんぺいよしずみ》に諮《はか》るのであった。

「大日本史編纂に当たって、現在、最も必要なのは、未だ行き届いていない南海道の調査だと思われますが、貴公の率直な御意見を承《うけたまわ》れば幸いです」

「はい、私も左様に存じます。当然、調査には私が率先して参らねばならないのですが、御存知のように、私め、耳が遠くなり、その任を満足に果たせる身ではありません。如何なものでしょう。この際、新たな助っ人を加えては、と思うのですが……」

「何方《どなた》か心当たりの仁がおりますかな……」

「はい、実は、私と同じ時期に吉川先生の道場で修業した神道師の岩波庄右衛門正字殿にお願いしたら如何なものでしょうか。元禄十年に陸奥の神社仏閣を探索された方です」

「そうでしたな」

「あの時の調査は行き届いておりました。岩波殿の陸奥への調査は、元禄四年に出かけた私の奥羽道への調査に比べて、少しも引けを取るものではありません……なかなかの力量と拝察いたします。如何なものでしょう。岩波殿にお願いしては……」

「成る程、それは名案ですな……大日本史編纂に協力して戴くには、水戸藩に仕官して貰うように岩波殿にお願いせねばなりませんな……交渉は貴殿にお任せします」

このような経緯《いきさつ》の後、丸山可澄が正字のところへやってきた。

「彰考館における主要な業務である大日本史の編纂を岩波殿に是非とも手助けして戴きたく、お願いする次第です」

質す丸山に正字が答えて、

「私のような者がお役に立つのでしょうか」

「貴公による陸奥探索の実績が何よりもの証明です。この彰考館の大日本史編纂の仕事は、幕府に直結した水戸藩の業務でありますから、貴殿には、先ずは、幕府の役人に任官して戴きたいのです」

「誠に有り難いお取り計らいです。ただ、現在、公私共々、やり残した仕事がございますので、直ぐにお役に立てないのですが……」

「当然のことであります。私共も、藩主に計らい、貴公の任官が認められてからの話でありま す」

元禄から宝永に年号が変わり、宝永元年（一七〇四）の十一月に正字は公儀から小普請《こぶしん》に任命され、百五十俵を支給されるとの通達を受けた。経済的に余裕ができた正字（曽良）の年末の句に、

千貫目ねさせてせはし年の暮

がある。

次いで、正字は水戸藩江戸屋敷にある敷彰考館の安積覚兵衛から熊野、紀伊および南海道の神社、仏閣の調査を依頼され、宝永二年の正月末に京都の水戸屋敷へ赴き、延喜式神名帳を始め、種々の資料により調査のための準備に取り組み、二月末まで京都に滞在した。宝永二年の歳初めに正字が詠んだ句は、

一年を高でくくって初夜明け

がある。

正字は、一旦、江戸へ戻り、翌、宝永三年春三月中旬に京都へ赴き、同月十八日に熊野、南紀伊、四国の南海道へ向けての旅に出た。熊野と南紀の旅は、元禄四年の近畿巡遊の際に行ったが、この度は、南海道の寺社も含み、密教と神道の神仏習合の基礎を固めた空海に焦点を合わせて探索する意向であった。

正字は手始めに京都の東寺を訪れた。東時は嵯峨天皇から空海に下賜された由緒ある寺である。東寺講堂の、胎蔵界曼荼羅、金剛界曼荼羅をはじめ、二十一体の仏像群（羯磨曼荼羅《かつままんだら》）を拝

顔し、更に、空海の真筆、風信帳を拝見するに及んで、正字は空海僧正の偉大さに感服するのであった。東寺僧正から、空海の唱えた、即身成仏、密厳国土《みつごんこくど》についての講釈を受けた。即身成仏が聖人と俗人の間にある個々の心身処理を示す垂直構造をつくり、これに、父母の恩、衆生の恩、国王の恩を諭す水平構造を重ねることによって仏教界が成立している、という。東寺は、特に、後者の密厳国土に力を入れている、と力説する。天皇に忠誠を誓う建前は、国家の安寧を第一とする吉川神道の教義と一致するので、頷けるが、神々の上座を占める仏群の存在に些《いささ》か割り切れぬものを感じる正字であった。この結論は後ほど考えることにしようと、伏見稲荷大社へ向かった正字は旅の安全を祈願し、近くにある藤森神社にも参拝し、その日のうちに奈良に到着した。

翌日、元禄四年の旅のときと同様に、三輪山神社、岡寺に詣り、上市から吉野山に登り、吉野神宮に到達した。二十日の早朝、吉野川に沿って五条へ下り、更に進み、慈尊院を経て、紀の川の畔にある丹生《にう》官省符《かんしょうぶ》神社に辿りついた。翌日、丹生都比売《つひめ》神社に参拝してから八丁坂を越え、一気に高野山へ登った。左手に弁天岳を望む大門を通って、空海が嵯峨天皇から賜った、真言宗発祥の金剛峰寺《こんごうぶじ》の壇上伽藍に到着した。金剛峰寺の南西には、根本大塔を中心に西塔と東塔が曼荼羅状に配置されており、大塔には大日如来を中心に、宝幢《ほうどう》、開敷華《かいふけ》王、無量寿、天《てん》鼓雷音《くらいおん》、の四如来が安置されているのであった。

金剛峰寺において古文書により、正字は、地方行政改革を目指して宇多法王により重用された菅原道真と藤原保則が藤原基経、時平親子の讒言によって左遷された次第を知って、胸が熱くなるのであった。その結果、法王は次第に政治の実権を失って行き、それを補わんとして仏道に励み、高野山に登って祈願するようになった、というのである。大宰府に流された道真は、不運を託《かこ》ちながら当地で死去するが、その怨霊が雷神となり、京の清涼殿に落雷して大納言、藤原清貫《きよつら》等を焼死させた、という。さらに、時平をはじめ、時平の妹、穏子の生んだ醍醐天皇の第二皇子、保明《やすあきら》親王、さらに、時平の娘、仁善子の生んだ醍醐天皇の皇太子、慶頼《よしより》王も道真の怨霊に祟られて若死にした、と伝えられる。道真の怨念を解消しようと、洛西白虎の地に建立された北野天満宮は、真言密教による神仏習合の神社で、両部神道の社殿となっている。吉田神道の後継を任ずる吉川神道の神道師である正字としては、ここに至って考えざるを得ないのであった。

(神仏習合は間違っているのだろうか……日本古来の神道を固守する吉川神道に対し、世界観のない日本古来の神道へ広大な宇宙観を持つ密教仏教を取り入れた両部神道を、いたずらに、間違っているとは言えないのではないだろうか……)

正字は惟足先生の顔を脳裏に浮かべながら、自問自答するのであった。

(先生の教えに背く訳ではありません。我が国の神道を発展させるべく努力するためであります。このような考えを持つことをお許しください)

翌日、正字は、真っ先に、寺から女人堂へ向けて石段を十数段登り、右に家康公、左に秀忠公を祀った徳川家の霊台に参拝した。傍に建つ東照宮に詣でて思うのであった。

（権現様は、死んでからも江戸を守るとのお考えから、北斗星に繋がる日光の地に墓所を望まれた……その社《やしろ》が今や全国に建てられている）

三月二十二日に正字は小辺路《こへじ》を通って熊野へ向かった。大滝から大又へ進み、伯母子を右手に見ながら五百瀬に到着した頃に日没となったが、夜の山道を歩いて行くと左手に十津川が迫り、喘ぎ喘ぎ山を登ると、熊野川、音無川、岩田川の合流点に浮かぶ大斎原《おおゆのはら》に熊野三山の本宮、熊野坐《くまのにいます》神社が現れた。既に、乾の刻を過ぎていたが、宿坊の戸を叩き、宿泊することができた。

国家の政治が院政に委ねられるようになると、天皇の伊勢神宮への行幸に対して上皇の熊野神宮への御幸が行われるようになった。白河上皇を始め、鳥羽上皇、御白河上皇、後鳥羽上皇が二百年の間に百回近く熊野三山へ御幸されている。神武天皇の東征以来、伊勢神宮と共に、熊野一帯の神道信仰の拠点であった熊野三山に多くの修験道者が三井寺から仏教様式を持ち込み、熊野の神々を天台密教由来の権現と称するようになった。そして、本宮の主神、家都御子《かつみこ》神が阿弥陀如来、新宮の熊野速玉大神が薬師如来、那智大社の熊野夫須美《ふすみ》大神が観世音、と称せられた。那智大社の観音堂は青岸渡寺《せいがんとじ》となり、西国三十三ケ所観音霊場の第一番札所となったのである。このことを知った正字は、神仏習合の成り行きである、とその成果を理解するのであった。

翌日、正字は後鳥羽上皇のお供をした藤原定家の手法に倣い、熊野川を船で下って神倉山の麓にある新宮速玉大社に到達した。境内には、神武天皇の東征の折、先達となった八咫烏《やたからす》を祀ってある八咫烏神社があり、近くの神倉《かんのくら》神社には、山頂を目指す蟇蛙《ひきがえる》を思わす巨岩が祀ってあり、正字はすっかり神事の世界に浸ることができた。

翌朝、正字は那智の滝の近くの補陀洛《ふだらく》山寺に参詣し、補陀洛山寺《ふだらくさんじ》の浜から、貞観十年（八六八）の慶龍上人を手始めに、多くの僧が観音菩薩のいます補陀落を目指して船出している実状を知り、仏僧の極限思想を知るのであった。また、源氏に追われ、西海に逃れた平氏一門から離脱した、平清盛の孫、維盛が滝口入道（斉藤時頼）を頼って高野山へ登り、出家して浜の宮に入水自殺したのが弱冠二十七歳であったことにも思いやるのであった。

続いて、正字は那智の滝を右手に望んだ後、熊野那智大社に参詣した。それから、北上して船見峠を越え大雲取越を進むと、右手に聳える大雲取山の麓に地蔵堂があり、三十三体の地蔵が祀られてあった。ここから、越前峠を登り越え石畳の胴切坂を通り赤木川を越えて妙法山の麓から小雲取越を上り詰めると右手から熊野川が迫って見え、その後、川に沿って北上し、正字が、再び、熊野本宮大社に到着したのは亥の刻に近かった。その足で小栗判官の逗留で有名な湯の峰温泉に出かけて心身の疲れを癒やした。

熊野本宮で正字の心を捕らえたものに牛王宝印《ごおうほういん》があった。源義経が他意のないことを熊野本宮の牛王宝印に記し、鎌倉万福寺で兄頼朝に嘆願した事例を始め、多くの武士が牛王宝印を用いて親書を渡すようになったとの謂れで知られている。

三月二十五日、正字は、早朝、本宮を立ち、中辺路《なかへち》を経て田辺へ向かった。祓戸《はらいど》王子から伏拝《ふしおがみ》王子へ下ったところに供養塔があり、和泉式部の歌碑が望まれた。

晴れやらぬ身のうき雲のたなびきて月の障りとなるぞかなしき

和泉式部が中辺路を登って熊野に参詣した折、伏拝王子に着いた頃、運悪く月の障《さわ》りになり、本宮への奉幣《ほうへい》を諦めざるをえなかったその悲しさを歌ったものである。

正字は祓戸王子から発心門王子を経て、一旦、猪之鼻王子へ下り、三越峠を登り越えて午の刻に入った頃に湯川王子に到着した。茶屋で昼食を摂り、岩神王子を経て大坂王子に至り、ここから中辺路最高の難所を越えて十丈《じゅうじょう》王子に到達した後は平坦な道が続き、滝尻王子、稲葉根王子を力の限りの速歩で進み、戌の刻前に出立《でたち》王子、即ち、田辺へ到着した。

田辺は熊野本宮を根城に勢力を張った別当、湛増の生誕地である。源氏に味方していた新宮、那智の勢力に対抗し、むしろ、平氏に好意を抱いていた湛増であったが、源平何れに味方すべきかと迷った挙句、新熊野権現の社頭で闘鶏を行った結果、源氏に味方せよとの神託を得たので、義経の参謀、弁慶の指示に従い壇ノ浦へ二千余人の水軍を送り、源氏を勝利に導いたという。以来、この地には闘鶏神社が祀られている。正字はこのことを偲びながら、熊野における神道派の結束の強さを思い知るのであった。

翌日、正字は、南部王子、石代《いわしろ》王子、切目王子、塩屋王子を経て日高川を渡り、道成寺近くで泊まった。道成寺は大宝元年（七〇一）に文武天皇の勅願により紀道成により建立された寺である。道成が、海辺で得た千手観音に祈願した結果、無毛の娘に美しい毛が生え、娘は、やがて、藤原不比等の養女になり、文武天皇の妃になった。この経緯を知った文武天皇が道成に命じて建立したのが道成寺である。拾われた千手観音は当寺開祖の、義淵上人が自ら作成した千手観音像の胎内に収められていた。


二十七日に、正字は、田藤次王子、高家《たいえ》王子を経て内ノ畑《うちのはた》王子へ進んだ。馬留《うまどめ》王子を過ぎる頃から黒竹の林があり、坂を登ったところにある王子谷には、室町時代の、南無妙法のお題目を記した八基の板碑があった。石畳の坂をさらに登り、鹿ヶ瀬峠を越えるところで鹿ヶ瀬城を望んだ。その後、正字は峠を下って馬留王子から河瀬王子へ出ると広川に沿って進み、井関王子を過ぎて久米崎王子へ到着し、勝楽寺で一休みして湯浅へ出た。湯浅から糸我峠を越えて有田川を渡り、山口王子、蕪坂塔王子を通り、白倉山の麓にある蕪坂の拝ノ峠に登ったところで参詣道から左折して谷を下ると、紀州徳川家の菩提寺、長保寺があり、正字は懇ろに参詣し、当地で宿泊した。

翌日、正字は、再び、参詣道に戻り、加茂川支流の市坪川に沿って進み、一壺王子の山路王子神社、所坂王子橋本神社に参詣し、加茂川を渡って坂本王子の阿弥陀寺に達した。その後、地蔵峰寺のある塔下王子を越え、藤原定家をも嘆かせた、峻険な藤代坂を越え藤代王子に到った。坂の上近くに南北朝期に建てられた宝篋印塔《ほうきょういんとう》があり、途中には、平安初期の画家、巨勢《こせの》金岡《かなおか》の描いた「筆捨松」の碑が和歌ノ浦を眺望する海岸に立っていた。さらに、下ると、孝徳天皇の遺児、有間皇子《ありまのみこ》を偲んだ結松記念碑がある。斎明天皇に謀反を起こしたとの蘇我赤兄《あかえ》の讒言により中大兄皇子《なかのおおえのおうじ》に問い詰められた有馬皇子は、弁解が認められず、飛鳥から藤代へ護送され、二度と奈良の都への帰国が叶わなかったという（六五〇年頃）。正字は、万葉集に載っている、有馬王子の臨終近くの和歌を思い出した。

家にあれば笥《け》に盛る飯を草枕旅にしあれば椎の葉の盛る

その後、正字は藤代王子の藤代神社に到着し、参詣後、熊野本宮の神祇が紹介してくれた熊野出身の鈴木家に寄ると歓待を受けた。熊野における神道の発展の様子に話が弾み、当家に宿泊することになり、久しぶりに充実した気分で床に着いた。

二十九日、正字は紀三井寺、玉津島神社、紀州東照宮に参詣した後、日前神宮《ひめくま》、及び、その左側に接する国懸《くにかかす》神宮に参拝した。日前神宮および国懸神宮には、天照大神が素戔鳴尊《すさのおのみこと》の乱暴な振る舞いに憤って天の岩戸にお隠れになったとき、八百万の神々が天照大神を招き出すために八咫鏡《やたのかがみ》と共につくった日像鏡《ひがたのかがみ》と日矛鏡《ひほこのかがみ》が、それぞれ、御神体として祀られている。それから、正字は紀ノ川を渡り、海岸に出て延喜式神名帳にある加太神社に参拝した後、加太湾から船で友ヶ島水道（紀淡海峡）を隔てた淡路島の由良へ到着した。当地には、速秋津日古神《はやあきつひこのかみ》、速《はや》秋津比賣神《あきつひめのかみ》等を祀った由良湊神社があり、参詣後、正字は当地に宿泊した。

翌朝、正字は洲本城を仰ぎ見ながら洲本川を渡り、炬口《たけのくち》八幡宮に参詣した。御神体は、応神天皇、神功《しんぐう》皇后、玉依姫命《たまよりひめのみこと》で、新田義貞の甲冑が保存してあった。海岸線を北上して、麻耶山の麓にある浄瀧寺と円城寺を訪れ、木造仏像を拝顔し、続いて、一宮の淡路伊佐奈伎神社に参拝した。伊弉諾尊が日本国土や神々を創生した後、幽宮《かくりのみや》を淡路島に造りお隠れになったのがこの地であると、神主から承った。それから、正字は南下して先山近くの千光寺に寄った。千光寺の御神体は千手観音で、同寺には淡路島最古の梵鐘があった。

その後、正字は淡路国分寺に寄り、二宮の大和大国魂《やまとおおくにたま》神社へ参拝した後、淳仁《じゅんにん》天皇陵に参詣した。孝謙上皇の寵愛を得た僧、道鏡の横暴を、藤原仲麻呂と図り、追討しようとした淳仁天皇が、かえって、皇位を追われ、当地において崩御なされたのである。只管《ひたすら》、哀惜の念に暮れるばかりの正字であった。この日は最後に、正字は賀集《かしゅう》八幡神社、亀岡八幡神社および福良八幡宮を巡り、近くに塩田のある福良に泊まった。いよいよ明日から空海の開いた四国八十八所霊場の巡路に沿った旅が始まることを思うと、期待に胸を膨らませ、巡礼用の装束の準備に精を出す正字であった。

三月三十日、早朝、正字は船で福良港を出発し、門崎《とさき》と孫崎の間にある鳴門海峡を右手に望み、鳴門の渦を避けながら阿波、鳴門の撫養《むや》に着いた。妙見山の麓にある撫養城跡近くの妙見神社を経て室町幕府十代将軍、足利義稙《よしたね》、十四代将軍、足利義栄《よしひで》の墓所を訪ねた。その後、南下して吉野川河口に近い金刀比羅神社に向かった。当社は勢見と木津の金刀比羅神社と共に阿波三金比羅といわれている。参拝後、吉野川を渡り、徳島に出た。徳島城は蜂須賀正勝（小六）の嫡子、家政が築いた城で、現在は、天守閣の代わりに三階櫓が建っている。正字は、蜂須賀家の入国により徳島から追われた修験者の清玄坊に興味を抱き、縁故を探したが、得るものはなかった。城下では、四所神社、蛭子神社に立ち寄り、更に、延喜式神名帳にある宅宮《えのみや》神社に参拝した。正字は町なかで宿を取ることにし、娘の土産にと当地の産物、藍染めの織物を購入した。

四月一日、正字は南下し、四国八十八ケ所の十八番霊場、母養山恩山寺、十九番霊場、橋池《きょうち》山立江寺《ざんたつえじ》を覗いてから当寺の奥の院の「星の岩屋」へ向かった。当寺の瑜祇《ゆぎ》塔は金剛界曼荼羅の現れである五智如来を本尊として祀り、岩の壁面には不動明王が彫られてあった。拝観後、那珂川の上流にある二十番霊場、霊鷲山鶴林寺《りょうじゅざんかくりんじ》、および、二十一番霊所、舎心山太龍寺《しゃしんざんたいりゅうじ》を訪れた。当地、太龍嶽は空海の修業地の一つとして知られている。切りたった崖を仰いで、若い修業僧時代の空海を偲んだ後、正字は太龍山の宿坊に泊まった。

翌日、正字は北上して建治寺《こんじじ》、十三番霊場、大栗山大日寺《おぐりざんだいにちじ》、十四番霊場、盛寿山常楽寺、十五番霊場および薬王寺国分寺を訪れてから吉野川を渡り、大麻比古《おおあさひこ》山の麓にある一宮、大麻比古神社に向かった。神社に参拝の後、巡礼者と共に、一番霊場の竺和山霊山寺《じんわさんりょうぜんじ》、二番霊場の日照山極楽寺および三番霊場の亀光山金泉寺《きこうさんこんせんじ》に参拝してから一路大坂峠へ向かった。峠の頂点を通過したところで一休みし、傾きかけた陽を気にしながら速歩で日の暮れるまでに瀬戸内海岸の馬宿に到達した。今夜の泊まりは翼山《つばさやま》の南麓にある翼山温泉である。

四月三日、正字は翼山を右手に見ながら瀬戸内に沿って進み、白鳥《しらとり》神社、勝覚寺《しょうかくじ》を経て昼食時までに北山の南麓にある釈王寺に到着した。午後は、海岸近くに出て、網島、丸亀島を望み、歩を進めて津田の松原に到達した。海岸右手に鵜部の鼻岬、その先に名古島が望まれ、海岸左手の津田湾の先に猿子島、鷹島が望まれた。

翌日、正字は朝早く津田川を渡り羽立峠《はりゅうとうげ》を越えて鷹次の長福寺に参詣し、鴨部川《かべがわ》を越えて五《ご》瀬山《ぜやま》北側の天野峠を経て円通寺に着いた。休む間もなく、北側の八十六番霊場の補陀落山志度《ふだらくさんしど》寺《じ》に行き参拝し、早目に志度湾に面する原浜に宿を取り、翌日の旅路の様子を旅館主に聴き、身の回りの準備をした。

正字は五日早朝に出立し、志度の浜辺を進み、半島の海岸沿いに源氏ヶ峰の麓から半島で最も高い五剣山に登った。八十五番霊場、五剣山八栗寺に参拝し、山頂から遠くに霞む小豆島を望むのであった。その後、半島の左岸へ下り、竹居観音、皇子《おうじ》神社に立ち寄ってから女体山の麓を越え、右手に屋島半島を眺めながら進むと、源平合戦のあった壇ノ浦に到着した。正字は、洲崎寺《すさきじ》に参拝した後、屋島半島の中程にある八十四番霊場、南面山屋島寺に参詣した。寺内には当地の氏神、蓑山大明神が祀られてあった。寺の本尊、十一面観音の使者としてはたらいた、四国の狸総大将、太三郎狸の像である。正字は、その後、寺の近くにある獅子《しし》の霊厳《れいがん》を見物してから宿をとった。寝る前に、壇ノ浦の海戦で平氏の舟の的に矢を射た那須野与一に思いを馳せ、奥の細道の旅で芭蕉と共に黒羽の那須野ヶ原を旅した当時を偲ぶのであった。

七日、正字は屋島の西側海岸線を南下し高松へ向かった。彰考館からの紹介文を携えた正字は三層五階建の天守閣の聳える高松城へ招かれ、高松城二代目藩主から直々の宴席で馳走を賜った。藩主は、水戸光圀の嫡子頼常が継いでいる。

「父上が亡くなって、はや、六年になりますが、父上念願の大日本史の編纂は順調に進んでおりますか」

との頼常の質問に、正字は答えて、

「はい、彰考館員が一丸となって進めております。今回のそれがしの南海道の旅も大日本史編纂の一助として行っておるのであります。四国へ参る前に、熊野、紀州を旅して参りました」

「一人旅は大変でありましょう……当地で一休みなさって、英気を養って下され……」

翌日、正字は高松城藩主から紫雲山の南面にある掬月亭での茶会に呼ばれた。掬月亭《きくげってい》の造園は生駒高俊により始められ、初代藩主、松平頼重（光圀公の兄上）により完成した。

九日に、正字は法泉寺、石清尾八幡宮《いわせおはちまんぐう》に参拝した後、浄願寺山の麓を南下して一宮、田村神社に参拝し、平池に面した法然寺並びに冠纓《かんえい》神社にも詣でてから西に進み、滝宮《たきのみや》天満宮まで行って泊まった。

次の日、正字は南北に伸びる府中湖の左岸を北上し、関ノ池の近くにある八十番霊場、白牛山讃岐国分寺に寄り、蓮光寺山の麓を迂回し、神谷神社を経て白峯山にある白峯《しらみね》御陵および八十一番霊場、綾松山白峯寺《りょうしょうざんしらみねじ》に参拝した後、綾川を渡って龍光院近くで宿を取った。明日は、いよいよ、空海の生誕地、善通寺へ向かうのだと思うと、正字の心は奮い立つのであった。十一日、正字は高照院を手始めに、土器川近くの聖通寺、円通寺、七十八番霊場、仏光山郷照寺を経て見事な石垣造りで有名な丸亀城の近くにある宝光寺および妙法寺に参拝した。その後、南下して讃岐の国へ入り、七十六番霊場、金倉寺《こんそうじ》を経て七十五番霊場、善通寺に到着した。

正字は僧上から善通寺の由来を聞いた。佐伯氏の屋敷跡にあり、空海の父、佐伯直田公《のあたいたきみ》の名前、善通から名付けられたという。善通の三男として生まれた空海は、幼少から信心が深く、神童と言われ、屋敷内の楠の下に泥土で仏像を作り、童堂に安置したという。五歳のとき、母方の叔父、阿刀大足《おおたり》に伴われ上洛し、勉学に励み、十八歳のとき、大学の明経道（儒教科）に入学したが、二十歳で和泉国槇尾山寺において出家して仏教道へ入った。そして、三十一歳のとき、出家得度し、空海を名乗り、唐に渡った。長安の清龍寺で恵果から伝法阿闍梨の灌頂を受け、日本に戻って、天台密教を広めたのであった。僧上と同席していた村長が云う。

「弘法さまの偉いところは、実践家であったところです。金比羅宮の東方に満濃池《まんのういけ》があります。農耕用の溜め池としては我が国最大の池だそうです。この池が風水害に際して、しばしば、溢れ出て難渋しておりました。池の改築が幾度か試みられたのですが、それまでの池造りの手には負えませんでした。そこへ、弘法さまがおいでになり、心配のないように改良されたのです」

「弘法大師が四国の多くのところで民衆のために様々な善行をなされたことを承っております」

そのような満濃池には是非行ってみたいと、正字は思うのであった。

正字は善通寺から蛇行する山道に沿って大麻山に登り、続く象頭山《ぞうずさん》を越えて金比羅宮に到着した。先ずは、七百八十五段の石段を登り本宮に詣でた。御祭神は海の守護神、大物主《おおものぬし》の神で、崇徳天皇を合祀してある。その後、正字は金比羅芝居の小屋、金丸座を覗いてみたが、誰も居らず、その足で満濃池へ向かった。貯水が廻りの堤防を越えないように排水のために開けられた余水吐《よすいは》が池の上部につくられているのを見届け、空海の聡明な頭脳とその実践力に正字は感じ入るのであった。その後、正字は池の右手に帆山《ほのやま》を眺めながら黒川の部落を通過し、芋尾の先の満福寺で一休みしてから財田川《さいたかわ》に沿って西方へ下り、伊舎那院、宗運寺を経た後、更に頑張って眉山《びざん》下の宇賀神社、宝積院、本山寺に参詣し、観音寺、神恵院《じんねいん》、琴弾《ことびき》神社のある財田川河口の琴弾に出た。当夜は観音寺の港町に泊まった。

十二日、正字は瀬戸内の海岸沿いに歩を進め、上分《かみぶん》の三皇神社に参拝した後、山道へ入り、稲茎神社、大西神社、熊野神社に参詣し、笹ヶ峰と橡尾山《とちおやま》の間を抜けて土佐を目指した。蛇行する山道だったので、土佐に入国して大豊に到着した時刻は未の刻より申の刻に近かった。ここで、正字は頑張って穴内川《あなないがわ》に沿って下り、酉の刻を二つ過ぎた頃、根曳峠《ねびきとうげ》を越えて甫喜《ほき》ヶ峰の麓にある若宮温泉に達することができた。翌日、正字は物部《ものべ》川を渡り、秋葉山の下にある龍《りゅう》河洞《がどう》を見学した後、南下して海岸に出て西に向けて歩を進めた。そして、赤野川、穴内川、更に、安芸川、安田川に到り、二十七番霊場、竹林山神峯寺《ちくりんざんこうのみねじ》に参拝して、宿坊に泊まった。

十四日、正字は早朝に出発し室戸岬を目指した。二十六番霊場、龍頭山金剛頂寺《りゅうずざんこんごうちょうじ》に参拝してから岬の先端に位置する、二十四番霊場、室戸山最御崎寺《むろとざんほつみさきじ》に行き、空海が修行をした洞窟を見学した。氷柱の下がった天井の辺りを蝙が羽ばたき、洞窟の外とは隔絶した世界であった。それから引き返し、二十五番霊場、宝珠山津照寺《ほうしゅざんしんしょうじ》の宿坊に泊まった。正字は海岸に見える上人磐を眺め、空海の修行時代を想像するのであった。

翌日も、正字は早朝に出発、一路、土佐へ向かって歩を進めた。羽根岬、大山岬を通過してから安芸川を越えて御殿ノ鼻、大嶺山の麓の手結《てい》岬に至り、更に、物部川を越えて三十二番霊場、八葉山禅師峰寺《はちようざんぜんじぶじ》、次いで、三十一番霊所、五台山竹林寺の大日如来像を拝観し、庭園を散歩してから三十三番霊場、高福山雪蹊寺に到着した頃に日が暮れた。

十六日、正字は、山内一豊の増築した、鏡川と堀に囲まれている高知城を望み、城下町にある潮江《うしおえ》天満宮に参拝した。父とは別に、当地へ流された菅原道真の嫡子、高視《たかみ》が道真を偲んで祀った社である。ついで、正字は三十五番霊場、医王山清瀧寺に詣り、海岸線に出て宇佐湾を渡り宇津賀山近くの三十六番霊場、独鈷山《どっこざん》清龍寺《きよたきじ》および、半島中ほどにある鳴無《おとなし》神社に参拝した。その後、海岸線に沿って四万十まで進み、不破八幡宮に参拝してから川を渡り、四万十川学遊館の傍で宿をとった。明日はいよいよ待望の足摺岬に行けるのだと思うと、正字は心が躍るのであった。

　翌日、正字は、歩速を上げて四万十川河口の初崎から海岸線に沿って左手に葛籠山《つづらやま》を見ながら、立石、布を通り、鍵掛、大岐浜を越え、鷹取山を右に見て窪津、津呂を過ぎると白皇山《しらおやま》が姿を現し、遂に、足摺岬突端にある三十八番霊場、蹉陀山金剛福寺に到達した。正字は寺の本尊、三面千手観世音菩薩像を仰ぎながら、当地の岬から観音浄土を目指して船出した渡海僧を思い浮かべ、しばし瞑想に耽るのであった。その後、正字は、足摺岬を一周して海岸沿いに土佐清水の龍串《たつくし》へ出て、波風の浸食により生じた奇岩が続く浜の先に小さい半島がある漁村で一泊した。

　十八日、正字は宗呂川《そうろうがわ》を遡って宿毛《すくも》に出て宿毛湾沿いに北上し、本城山《ほんじょうざん》の北東にある三十九番霊場、延光寺に参拝してから坂本を通過して松田川の流れに沿って進み、伊予の国へ入り、出井渓谷の先にある祓川《はらいがわ》温泉に泊まった。

翌日、正字は横笛渓谷を越え祝森《いわいのもり》を通過して伊達正宗の嫡子、秀宗が立藩した宇和島城に到着した。城下にある和霊神社、四十一番霊場、稲荷山龍光寺、および四十二番霊場、一𥖥山仏木寺《いっかざんぶつもくじ》に参拝した。仏木寺の萱葺きの鐘楼が正字の印象に残った。次いで、四十三番霊場、源光山明石寺《げんこうざんめいせきじ》に参拝してから歩速度を上げて夕刻までに四重四階の天守閣が聳える大洲城まで進んだ。

二十日、正字は松山まで行き、松山城の藩邸で接待を受けた。

松山藩は、徳川家康の異父弟、久松松平俊勝の三男、定勝の二男、定行が藩主になったが、三代目の定長に後継者がなく、今治藩主定房（定行の弟）から三代目の長男、定直が養子縁組みして現藩主となった。それと対応して、今治藩は定直の次男、定陣が藩主となったのである。正字が仕官した伊勢長島の松平康尚は、松平俊勝の長男の三代目であり、正字はこのことを心得ていたのである。藩主の定直に見《まみ》え、会話が進むうちに定直が正字に地図を指し示し、

「これは、大坂夏の陣の布陣の様子を記したものですが、我が祖先の松平忠良公の布陣と諏訪においでだった松平忠輝公の布陣が間近にあったことがよくわかります。実は……決して口外はしてはならぬことではありますが……水戸の殿様から、岩波殿と忠輝公の御関係を内々に承っておりますものですから、つい、このような地図をお見せしたくなりまして……」

正字は地図を眺めながら、

「徳川方の布陣は完璧でございましたね……」

しばらくあってから、定直が、

「岩波殿が仕官しておいでだった久松松平宗家の伊勢長島藩は、康元殿の嫡子、忠充殿の重臣への行き過ぎた処置がもとで、除封となり申した……」

「お労《いたわ》しいことです……忠充様にはいろいろお教えいただきました」

「そうですか。幸いに、忠充の弟、康顕および尚慶は家名存続を許されて居りますが……」

正字はそのように話す定直の仕草に伊勢長島藩主の康尚と嫡子、忠充の面影を見出し、懐かしい思い出に浸っているうちに忠充の妹君、礼のにこやかな笑みが脳裏に蘇ってきた。

(今となっては、夢のような月日であった……姫が生きておいでなら、別の人生があったのだが……)

だが、そのとき、定直が、

「何やら、感慨に耽っておられるようですな……」

と、問いかけてくるので、正字は慌てて別の話に会話を逸らすのであった。

「ところで今治城は、関ヶ原の合戦で東軍に功のあった藤堂高虎殿の築城に始まるのだと承りましたが、……」

「今治は、もとはと言えば、地侍の河野家が統治していたところだったのですが、長宗我部氏が乗りとった後、小早川隆景殿、福島正則殿と藩主が変わり、その後が藤堂高虎殿なのです」

「はあ……」

「藤堂高虎殿の後を養子の高吉《たかよし》殿が継ぎ、寛永十二年（一六三五）から我が祖父の松平定房が藩主に封ぜられ、現在に至っております」

定直の説明により会話が一段落すると、正字は道後温泉に案内され、夕食を賜った。道後温泉は、太古から知られた温泉である。大国主命と少彦名命《すくなひこなのみこと》が伊予を旅したときに、急病に苦しんだ少彦名命が入浴して元気を回復した温泉であるとの謂《い》われがある。

翌日、正字は、一日かけて城下近くにある四十六番霊場、医王山浄瑠璃寺から五十三番霊場、須賀山円明寺までの八寺を廻り、もう一夜、松山に宿泊した。

四月二十二日、正字は川内から塩ヶ森を過ぎ、白猪《しらい》の滝を越えてから蛇行する急坂を登り、唐岬《からかい》の滝を越えて石鎚山へ登った。山頂の石鎚神社に詣り、北方を見渡すと、瀬戸内の島々の向こうに備前、安芸の国々が霞んで見えた。急いで山を下り、六十番霊場、石鉄山横峰寺《いしづちざんよこみねじ》に寄り、伊予小松近くの六十一番霊場、梅壇山香園寺《せんだんざんこうおんじ》および六十二番霊場、天養山宝寿寺、五十九番霊場、金光山国分寺に参拝して今治に到着した。今治城には藤堂高虎の築城になる多聞櫓が五基ある。

迎えに出た現在の藩主、定陣が正字に尋ねるのであった。

「貴公は、この度、幕府の巡見使として、四国の南海道を巡り、各藩の実情を見聞されておられる、と漏れ承りましたが……」

「はい、先ずは、吉野山、高野山、南紀伊の探索を行い、修験道と真言密教の現状を調べて参りました。弘法太師が若い時代に修行なされた四国は、流石に、古き伝統を大事に伝承されておられます……」

「これからの旅の御予定は……」

「はい、今治から安芸の国へ参り、厳島神社に参拝した後、船旅にて大坂へ帰る所存で御座います」

翌日、正字は今治港から船に乗り、大三島の宮浦で下船し、日本建国の神、大山祇《おおやまつみ》大神を祀る大山祇神社に参詣した。島の最高峰、鷲ヶ頭《わしがとう》山に登ると、瀬戸内が見渡せ、人影がない山道を楽しんだ後、温泉に浸かって心身を休めた。


二十四日、正字は朝の船便で一路、安芸の広島港を目指した。上陸して、先ずは、元安川に挟まれた広島城を見学した。広島城は、毛利元就が築城し、慶長五年（一六〇〇）に関ヶ原の戦いの功績により安芸、備後の二ケ国を授けられた福島正則が今治から城主として迎えられた。予てから。豊臣秀吉公の恩顧を忘れず、秀頼の先行きを心配していた正則の行き過ぎた慮《おもんばか》りが二代将軍、秀忠の気になったのであろう。大坂の冬、夏の陣の戦で豊臣家が滅亡し、その後、家康が没してから、元和二年春、夏の長雨による洪水で広島城の櫓、石垣が崩れ、正則が急いで修理したところ、武家諸法度違反に相当するとして正則は改易されて信濃国川中島高井野村に配流され、当地で六十四歳の生涯を閉じたのである。この経過を思い巡らしていた正字の脳裏に、突如、忠輝公の苦痛に満ちた横顔が掠めるのであった。

（秀忠公は身内の忠輝公にさえ辛く当たられた。況《ま》してや、徳川家に盾を突く恐れのある福島殿においておや、であろう）

広島城には、その後、徳川家康の三女、振姫と結婚した浅野長晟《ながあきら》が入封し、現在に至っている。正字は長晟の造園した縮景園を覗き、先ずは、長晟の嫡男、光晟の外祖父に当たる家康公を祀ってある広島東照宮に参詣した後、厳島神社の遥拝社殿に参詣した。海中にずっしりと立つ大鳥居から視線を弥山《みやま》に移すと、弘法大師が開山した場所に相応しく、山々の稜線が微笑みを湛えた観音菩薩のように見えるのであった。厳島神社は、推古天皇元年（五九三）に市杵島《いちきしま》姫命および姉妹の田心《たごり》姫命、湍津《たきつ》姫命を創祇として建立され、観世音菩薩、大日如来の神仏習合が行われ、熊野信仰や浄土信仰、さらに、海上神の弁財天の聖地とされるようになった。

それから五百年を経て、平清盛が厳島の弥山を御神体とし、麓に遥拝社殿を設けたのである。社殿南面には室町時代に建立された校倉《あぜくら》造の宝蔵があり、三十三巻の納経が平家一門により行われた。正字はその一部を拝見し、そぞろ思うのであった。清盛は白河上皇の落胤と言われているが、正字も徳川家康の六男、忠輝の落胤である点に思い至ったのである。

清盛は、平忠盛の嫡子として、忠盛と共に平家を起こし、白河上皇、鳥羽上皇の死後、後白河上皇の信任を得て、朝廷に食い込み、保元の乱（一一五六）の後、公家の藤原一族を凌駕して、源義朝と共に朝廷の信任を得るようになった。平治の乱（一一五九）の後は、源氏を蹴落として平氏一門の勢力を確固たるものにし、朝廷をも牛耳るまでになった。しかし、その後、後白河上皇と平氏の間に軋轢が生ずるようになる。上皇は、寺社勢力と結びつき、平氏を打倒しようとしたが、清盛は後白河上皇を鳥羽宮殿に幽閉して院政を停止させ、高倉天皇から安徳天皇へ譲位させ、一時、都を福原に移した。高倉天皇と清盛の娘、徳子との間に生まれた安徳天皇は、祖父、清盛の拠りどころとなったのである。清盛の死後、後白河上皇は院政を再開し、源氏と結びつき、義朝の遺児、頼朝を初め、範頼、義経らの協力を得て、平氏を洛中から追い出した。挙げ句の果てに、壇ノ浦の戦により平氏は滅びたのである。

正字はその後の武家の盛衰を追うのであった。

（平氏滅亡の後も朝廷に対抗する源氏武士の勢力が確立するが、頼朝の子孫は続かず、北条氏、足利氏と取って代わり、戦国時代に突入した。織田信長に始まり、豊臣秀吉を経て徳川家康公に至り国家は統一され、今日に至っている。この平和国家を維持するために武士は尽力しなければならない）

翌二十五日、正字は船旅により大坂へ向かった。佐々介三郎宗淳の西方への史料収拾の旅程に倣い、船は、音戸、弓削、尾道を経て鞆《とも》の浦《うら》にさしかかったところで満潮になり、引き潮待ちとなったので、待ち時間を利用して福山城周辺の見学に出かけた。延喜式にある沼名前《ぬなくま》神社および安国寺、一乗山城跡の常国寺、明王院《みょうおういん》を経て、福山城に至った。明王院は空海の開基した真言宗の寺で木造の十一面観音像を拝顔することができた。福山城は水野勝成公が築いた城で、伏見櫓は二代将軍、徳川秀忠により京都伏見城の松の丸東櫓を移築したものである。正字は、再び、鞆の浦から船に乗り、玉島、下津井、牛窓《うしまど》を経て赤穂の坂越の港で下船した。

翌日、正字は聖徳太子四天王の一人、秦河勝《はたのかわかつ》の建てた大避《おおさけ》神社に詣でてから赤穂城へ出かけた。赤穂城主には、広島浅野家の分家筋の浅野内匠頭長矩《ながのり》が刃傷事件を起こして断絶した後、森和泉守長直が備中から転封されていた。四十七士の吉良家への討ち入りにより主君、浅野内匠頭長矩の仇を討った赤穂事件を想起しつつ、城下を歩いて廻り、千草川を渡り、天台宗の普門寺で木造の千手観音座像を拝顔し、寺の近くの八幡神社に納められていた大石内蔵助良雄をはじめ赤尾義士ゆかりの遺品を正字は拝見した。社主が現れ、正字に語りかけた。

「浅野大学長広様をはじめ浪士の遺子は伊豆への遠島流罪となり……誠に残念ですが、吉良上野介義央《よしひさ》様の嫡男義周《よしまさ》様も諏訪高島城へのお預けとなられたました」

「諏訪はそれがしの出生地です。整ったお城でございます……浅野様の遺子の流された伊豆の島とは雲泥の差で御座いますな……」

「吉良邸への討ち入り四十七士のうちで、仇打ちの成功を赤穂へ知らせるため、大石様が逃した寺坂吉右衛門信行にはお咎めがなく、現在は、播磨姫路の知り合いに身を寄せ、謹慎しておるそうですが、討ち入りの失踪者として評判が悪いようです」

「大役を果たしたのに、お気の毒な境遇ですな……」

その後、正字は当地の産業として代々続いている製塩の竈が海岸縁《べり》に並んでいるのを熱心に眺め、宿の眠りについた。

二十七日、正字は陸路で姫路まで行く途中、賀茂神社、龍門寺および英賀《あが》神社に参詣し、相次いで、亀山本徳寺と船場本徳寺に詣でた。浄土真宗西派と東派の本願寺である。五層七階の姫路城が目と鼻の間にあった。石垣の上に白漆喰の外壁、さらに、唐破風、千鳥破風の屋根からなる荘厳な城に、正字はしばし見入るのであった。その後、正字は、随願寺、広峰神社を経て書写山に登り、性空《しょうくう》上人の開基した天台宗の円教寺へ到着した。当寺は今回の旅行で正字が是非訪れたかった西国三十三所観音霊場の一つであった。寺内の大講堂、金剛堂、鐘楼を拝し、釈迦如来像、四天王像、阿弥陀如来像に魅了されるのであった。正字は奥の院で性空上人の座像を拝顔し、和泉式部が性空上人の滞在している開山堂を訪ねたとき、上人は居留守を使って合わなかった、という故事を思い出すのであった。

正字は一泊後、播磨の飾磨《しかま》港から海路で大坂に向かった。船に乗る前に、須磨にある菅原道真を祀る綱敷天満宮に参詣した。当天満宮は、道真公が、九州へ向かう海路の途中上陸して休憩した折、敷物がないので代わりに網を巻いて腰を下ろしたところから名付けられたという。綱敷天神で道真直筆の書を拝観した後、乗船した。船は大坂に向けて出立し、安治川河口から四貫島を右手に、九条島を左手に見て進み、白石島の船番場に到着し、宿泊した。

四月二十九日、正字は船場の御霊社に参拝した後、天神橋を渡り、菅原道真公に所縁《ゆかり》のある、大坂天満宮、綱敷天神、露天神《つゆのてんじん》に加えて服部天神にも参拝した。

大坂天満宮は、「お迎え人形」を乗せたお迎え船で賑わう天神祭の行われる神社であるが、この祭は天歴五（九五一）年から続いている。正字は祭りに因んで詠んだ西山宗因の句を思い出した。

難波津にさく夜の雨や花の春

綱敷天神は須磨にあった同名の天神と謂れは同じで、道真が敷いたという麻綱が保存してあった。露天神は、嵯峨天皇の勅願で道真が弘法大師の創建した太融寺に参詣する途中で立ち寄った地に建てられており、神社名は道真の歌、

露とちる涙に袖は朽ちにけり都のことを思ひいづれば

に因んで名づけられた。

ところが、元禄十六年（一七〇三）四月に、堂島新地の天満屋の遊女、お初と内本町《うちほんまち》醤油問屋平野屋の手代、徳平衛が当天神で起こした心中を題材にして事件の一ケ月後に近松門左衛門が創作した浄瑠璃「曽根崎心中」に因んで、露天神は「お初天神」として流布されるようになっていた。

服部天神は、道真が九州下向の折、このあたりにさしかかったところで脚気に苦しみ、医薬の祖神、少彦名命が祀られている服部天神祖神に祈願して回復したとの言い伝えがある。

正字は、再び、淀川を船で遡り長岡天神に至り、大宰府へ左遷される道真公の無念の思いが滲む歌を口ずさむのであった。

うみならずたたえるみずのそこまでもきよきこころはつきぞてらさむ

一泊の後、正字は大坂から京都へ五時《ごとき》（十時間）近くの船旅により北野天満宮に到達し、当社所蔵の「北野天神縁起絵巻」を拝見し、雷神と化して藤原時平一派へ報復した道真公の悔しさを偲ぶのであった。

これを最後に、正字は京都水戸藩屋敷に到着した。取りあえず水戸藩家老にこの度の南紀伊、四国、中国におよぶ南海道旅行を終えたことを報告した。

正字は南海道旅行の資料を抱え京都から江戸の我が家へ戻る途中、中山道を経て諏訪に寄り、貞松院の忠輝公の墓の前で南海道旅行の終了を報告した後、寿量院にある母、並びに、高野家親戚筋の墓を廻った。貞松院に立ち寄ると、年取った玄極和尚が温かく迎えてくれた。

話は、碁打ちに繁々《しげしげ》貞松院へ通われた頃の在りし日の忠輝公の思い出になり、

「殿はおっしゃっていました……戦《いくさ》はこりごりじゃ。平和が一番いい。力が余るときは、こうして和尚と碁を打って、勝てばよいのじゃ……と」

玄極和尚は、餌食《えじき》になるのが自分の役目であった、という。

正字が会話を続け、

「左様でしたか。戦がなくなった殿の日常を支える一助として囲碁を嗜《たしな》まれたのかもしれませんね。当時、殿は、私には、ひたすら、弓術、馬術に励《はげ》めと、おっしゃっていましたが……」

「その殿様がお亡くなりになって、はや二十年になります……」

「お墓にお参りして気付いたことですが、よく手入れが行き届いておりますね」

「はい、殿のお墓をお守りするにあたって、御公儀から、年に四十石の扶持を戴いております」

「それはそれは……」

正字は久しぶりに和尚との寛いだ一夜を過ごすことができた。

◉正字、巡見使として九州へ

江戸へ帰った正字は、引き続き公儀からの禄を得て、表向きは、吉川道場の神道師として勤務していた。

岩波家では、その後、男児の出生がなく、成長した娘、礼の結婚により生まれた孫の一人を岩波家の後継者に迎えるようにしたい、と正字は考えていた。正字が江戸に戻ってから二年を経た宝永五年（一七〇八）に、諏訪高島藩の紹介で、高島藩江戸詰藩士、二木村《ふたつき》右衛門延信と礼との婚約話が生じた。望ましいことに、延信が次男の故《ゆえ》に岩波家の婿になってもよい、との話であった。話はとんとん拍子に進み、結婚準備が整い、延信の岩波家への養子縁組みをするまでになった。
宝永六年の一月十日に五代将軍、綱吉が亡くなり、家宣が六代将軍となった。そこで、公儀では四回目の巡見使がこの年の十月に選出された。先の南海道旅行の実績が評価されて、正字が九州への巡見使の一員に選ばれた。九州への巡見使の一行は、旗本の、使番、小田切靫負《ゆげい》（三千石）、小姓組、土屋数馬（二千石）、書院番、永井監物（三千石）とその部下（家老、用人、役人、その他）からなり、正字は土屋数馬の用人となった。一行は、筑前、築後、壱岐、対馬、五島列島、肥前、肥後、薩摩、大隅、日向を巡見する予定であった。この年の暮れに詠んだ正字の句は、

さばけても愚とつく我もとしくれぬ
及王位かたいの身にもとしくれぬ
あはれただ過し日数はあまたにてさてしもはやく年ぞくれ行

年が明けた宝永七年の歳旦句では、

立初むる霞の空にまつぞおもふことしは花にいそぐ旅路を

巡見使の一行は、翌七年三月初日に江戸を出立した。出立にあたり、武士の身支度を整えた正字の句がある。

ことし我乞食やめても筑紫かな

一行は、京都までは東海道を、京都からは京街道を進み、伏見、枚方《ひらかた》を経て瀬戸内航路の大坂港へ順調に到着した。ついで、三百石船に分乗して、途中、姫路、室津《むろつ》、赤穂、鞆《とも》、蒲刈《かまかり》、上関《かみのせき》に寄港し、筑前国門司の港に到着したのは四月二日であった。それから、一行は、陸路による巡見の旅を小倉から始めた。

細川忠興《ただおき》の建てた唐造りの天守閣をもつ小倉城は、細川氏の熊本への移封の後、小笠原忠真《ただざね》が入封し、以後小笠原氏が城主を勤めていた。小笠原氏は清和源氏の出で、先祖、長清は源頼朝の家臣として、弓馬の礼法をつくっている。六代目、貞宗《さだむね》は後醍醐上皇に仕え、小笠原礼法を表している。

夕日に映える足立山を望んだ正字はその先にある宇佐八幡宮に思いはせるのであった。称徳《しょうとく》女帝の寵愛を得た弓削《ゆげ》道鏡が天皇位につく野心を抱き、宇佐八幡宮の神託を得たと称するので、和気清麻呂を宇佐八幡宮へ派遣して質したところ、道鏡の野望は砕かれた。この報告に道鏡の怒りを食らった和気清麻呂は足筋を切られ、大隅へ配流された。配流の途中、宇佐八幡宮へ立ち寄ると、企救《きく》の山麓にある温泉で治療せよとの信託を得て湯治した縁《えにし》により足立山と称するようになったというのである。奢れる道鏡も、女帝の崩御の後、罪に問われて下野《しもつけ》薬師寺に左遷され、清麿呂は政界へ復帰したが、この間に藤原氏の摂関政治に逆風が吹き始めるのである。

藤原一族の主峰、仲麻呂は藤原氏出身の光明皇太后（称徳天皇の母堂）を後ろ盾に考謙天皇を早々に天武天皇の孫、大炒王《おおい》に譲位させて淳仁《じゅんにん》天皇とした。権勢を得た仲麻呂は蝦夷、新羅の征服等を行ったが、実があがらず、光明皇太后の崩御と道鏡の出現により勢力を失い、考謙上皇に追討されて近江で果てた。淳仁天皇も淡路島へ流され、考謙上皇は称徳天皇として重祚《じゅうそ》されるのである。

巡見使の一行は、夕食後、正字の博識に感嘆して耳を傾ける一幕もあった。宮本武蔵と佐々木小次郎との決闘を行った船島《ふなしま》（巌流島）が手向山《たむけやま》から見下せるところにあることや家光公に槍使いの技を披露したことのある高田又兵衛の墓が小倉の生往寺にあることを正字が一行に語って聴かせたからである。

翌日、巡見使一行は玄界灘に沿い若松、芦屋を経て福岡藩の別館のある赤間に到達した。その後、唐津街道を進み、博多にある福岡城へ入った。福岡城は初代藩主、黒田長政の築城になり、商業都市として栄えている。長政の父、官兵衛孝高如水《よしたか》は、小寺氏を名乗る播磨人であったが、羽柴秀吉の播磨攻略、中国攻めに軍師としてはたらき、黒田姓を名乗り、豊前中津、十二万三千石の城主に取り上げられた。秀吉の死後、関ヶ原の合戦には、嫡男、長政を東軍の上杉景勝攻略に参加させ、孝高自身は九州において西軍側を攻略した。功績あって中津から福岡藩、五十二万三千石に入封した長政は元和九年（一六二三）五十六歳で没した。二十二歳で嫡男、黒田忠之《ただゆき》が後を継いだが、小姓の重用や大型船建造により藩政を危うくし、公儀の咎めを受けて取り潰しも免れない状態になったところを家老、栗山大膳のはたらきにより難なきを得た経緯がある。三代目、光之の時代に「養生訓」で有名な学者、貝原益軒が藩から出ており、益軒の弟子、宮崎安貞は「農業全書」を上梓している。当藩の特産品として櫨蠟《はぜろう》、有田焼等があり、藩の財政が上向いていることが確かめられた。城の北方の荒戸山《あらとやま》中腹にある東照宮は忠之の建造になることを知った。

福岡東部の糸島半島には元寇防塁跡があり、多々良浜は足利尊氏軍と後醍醐天皇方の菊池武敏等とが戦を交えた古戦場である。それまで劣勢であった尊氏軍はこの戦に勝ったのを機に勢いを盛り返し、東上して湊川の戦で新田義貞、楠正成を破り、京都を制圧して北朝の樹立を目指したのである。

巡見使一行はこの度の重要な目的である朝鮮通信使に対する福岡藩の応対を調査するため玄界灘の相島《あいのしま》へ向かった。朝鮮からの使節が国書を携えて訪日する場合、相島に待機し、公儀将軍からの返書を待つ規定になっており、このために福岡藩は、使節毎に、相島に新客館を新築して壮大な接待をしていたので、藩を初め公儀の財政に大きな負担となっていた。巡見使一行はこの方式に対する福岡藩の方策を聴取した。

翌日、一行は城の近くの天満宮に参拝した。宇多天皇の信任を得て右大臣に任じられた菅原道真が左大臣、時平の讒言《ざんげん》により左遷され、失意のうちに他界したのがこの地である。左遷の折、博多に上陸した道真が四十川《しじゅうかわ》に我が姿を映したという謂われから四十川の近くに社が設けられ、水鏡《すいきょう》（容見《すがたみ》）天神とよばれたのが始まりといわれている。黒田長政が、後に、福岡城の鬼門にあたる場所へこの神社を移して城下の守護神としたのである。正字は道真への信仰の深さに改めて感激するのであった。

その後、一行は宇瀰《うみ》にある八幡宮に参拝した。宇瀰は、神功《じんぐう》皇后が新羅出兵の帰途に応神天皇を産んだ土地で、その謂われにより蚊田《かた》から改められたという。

一行は、更に、大宰府へ入り、大宰府天満宮に参拝した。道真の死後、都で落雷などの天変地異が続き、道真の祟りであるとの風評が立ったので、鎮魂のためこの地に道真を雷神として祀ったのである。序でに「遠《とお》の朝廷《みかど》」と呼ばれた太宰府跡も見学した。天智天皇の六六三年に白村江の戦に日本軍が敗れた後、筑紫の豪族が、朝鮮軍の本土への上陸、並びに、首都、大宰府への攻撃に備え、対馬、北九州から瀬戸内にかけて朝鮮式山城をつくり、守備を図ったのである。しかし、朝鮮からの攻撃がなかったのは御存知の通りである。

巡見使一行は、鳥栖を経て有馬藩が治める久留米城へ立ち寄った後、鍋島家が統治する佐賀城に到達した。佐賀藩の歴史を辿《たど》ると、その変化に興味津々たるものがある。戦国大名として佐賀藩を領していた竜造寺隆信が、天正十二年、薩摩の島津家と組んだ有馬軍と島原で戦って敗れ、戦死すると、家臣が相次いで離反し、竜造寺の領国体制が危機に瀕《ひん》した。この時、隆信の戦死に殉死しようとした家臣、鍋島直茂に、同僚の山本清明が再起自重を説いた。直茂の努力の甲斐あって竜造寺家は領国を保持することができた。しかし、その後、隆信の嫡子、政家と直茂との関係が縺《もつ》れ、鍋島家が竜造寺家を乗っ取ろうとしているとの噂が立つようになるが、天正十五年、豊臣秀吉が九州を制圧すると竜造寺家はその支配下に入り、直茂には肥前の一部が与えられた。更に、秀吉の朝鮮出兵にあたっての直茂及び嫡子、勝茂の功績により竜造寺家から鍋島家への佐賀藩の政権の継承が認められるようになる。時代は移り、関ヶ原合戦の際、鍋島家ははじめ西軍に加担し、勝茂は家康の家臣、鳥居元信の伏見城を攻撃した。石田三成が関ヶ原で大敗したところで勝茂は家康に謝罪すると、勝茂と同様、伏見城を攻撃して柳川に戻っていた立花鎮実《しげさね》等の軍勢の攻略を家康から命じられ、死にもの狂いで戦って彼等を討ち滅ぼし、領国の安堵を得た。勝茂の後妻に家康の縁続きである岡部長盛《ながもり》の娘、茶々（後の高源院）を迎えたことも幸いした。その後、慶長十二年秋に政家の嫡子、高房《たかふさ》が竜造寺家の行く末を案じ、直茂の外孫にあたる自らの正室を殺害して自殺を図り、それがもとで死去した。相次いで、父の政家も病死すると竜造寺宗家が絶え、竜造寺家一門・重臣が鍋島勝茂を佐賀藩主として仕えることを誓い、慶長十八年に勝茂は公儀から佐賀藩三十五万二千石の朱印状を得た。二十七年後、竜造寺高房の遺子、伯庵《はくあん》が、再三、竜造寺家の復活を幕閣に願ったが、認められず、伯庵は合津、保科家へのお預けの身となっている。

高房の死去が不自然であり、高房の遺骨を葬った泰長院《たいちょういん》に高房の亡霊が現れたという噂が立ったことを取り上げて、二百年後に「鍋島の化け猫騒動」の芝居が創作されている。

二代藩主、鍋島光茂に仕えた山本常朝《つねとも》（中野清明《きよあき》の孫）の談話を筆記した田代陣基《つねもと》の書を基に、武士道書「葉隠聞書《はがくれききがき》」が纏められた。冒頭にある、「武士道と言《いう》は死ぬ事と見付《みつけ》たり」の真意は、実戦に明け暮れし、死と向き合って暮らしていた戦国時代から泰平な御代に移行した武士の生きる道を説いたものである。戦国の世にあっては、敵を倒し武功をたてることが武士の生きる道であったが、戦なき平和な時代における武士の道は……いたずらに個人が武功を立てることではない……主家の安泰のために死にもの狂いになって務めることにある。この生き方によってのみ自身、ひいては一家の存続が維持される、と諭す論法である。このやりかたこそ佐賀藩の安寧ばかりでなく全国の諸藩を統治する徳川家の方針に適った意見書である、と感心する正字であった。

佐賀藩を巡見した後、一行は、伊万里を経て松浦家が治める平戸に到着した。平戸は四代藩主松浦鎮信《しげのぶ》の代にオランダ商館が長崎に移転し、貿易収入が減って財政が凋落しているのを知った。一行が松浦の海岸線を引き返して唐津藩に到着したのは四月二十六日であった。唐津藩で二日間休みをとり、壱岐、対馬へ向かうべく呼子《よぶこ》へ到着したが、天候が悪く足止めを食い、やっとのことで便船を拾い、壱岐の島の南端、郷の浦へ向かったのは五月七日であった。下船後、北上して壱岐の国の一宮にある天手長男《あめのながお》神社、住吉神社を経て湯ノ本温泉に一泊し、海岸に出て本宮八幡《ほんぐうはちまん》神社に参拝してから北端の町、風本《かざもと》（勝本）に着いた。一行の対馬滞在中の案内役として対馬藩の三浦貞右衛門が風本へ迎えに来ていた。

一行による巡見の要点は、対馬藩で朝鮮政府からの来聘者に対する扱いであった。六代将軍家宣の代となり、朝鮮通信使に対する扱いを簡素化する案が新井白石から上奏され、この線に沿った朝鮮通信使への方策が実行されているか否かの巡見であった。これに対し、対馬藩では従来から行われていた朝鮮からの密輸貿易を処理して表面上の辻褄を合わせなければならず、三浦貞右衛門の派遣には時間稼ぎの役割もあったのである。三浦貞右衛門は一行の対馬へ渡ってからの行程の詳細を決めるのに三日を費やし、その間に海上が再び荒れて、対馬行きの便船が欠航となる有様であった。

「この季節の悪天候には困ったものです。島に閉じ込められたのでは如何ともできません。これからの長旅の前に、どうぞ、お体を休めて下され……」

と、貞衛門は一行を風本でも有数の旅館へ案内するのであった。さらに、正字が芭蕉と共に俳諧の旅をした人物であることを知った鯨問屋中藤家の主人が正字を招き、聴衆を集めて、俳諧の話を聴いたり、俳諧の添削をしてもらったりして、時間を潰すのであった。

五月二十日になると、ようやく荒れ模様の海が静まりはじめ、二十二日から風本に船が到着するようになった。そのような状況の中で二十二日の巳の刻（午前十時頃）に公儀からの使者が相島《あいのしま》から到来し、一行の滞在する宿にやってきた。

使者は土屋数馬に書類を渡し、

「御公儀の寺社奉行から貴公宛御用命書です。極秘の要請ですので、人を避けて書面を御覧下さい」

と告げるので、数馬は別室へ行き書面に目を通し、指令の内容を知ると顔が歪んだ。暫くしてから数馬は正字を呼び、伝えるのであった。

「御公儀大目附から貴公に江戸へ帰れとの指令が参った……但し、このことは私以外の巡見使の諸氏をはじめ関係者に判らぬように、出立せよとのことです。道中、貴殿であることが判らぬように、この関所手形を持って旅をなさるように」

正字は、何が何やら判らないまま、所持の荷物も最低限にして、その日のうちに風本から便船に乗り、江戸へ向けて出立したのであった。

急にいなくなった正字に、巡見使一同は、初めは、物好きな正字が近在へ遊びに出かけたものと思い、帰りを待っていたが、夜更けても帰らず、三日経っても音沙汰がない。土屋数馬が気を利かして、正字は諸事万端に対して興味を抱く性質があるので関わりごとの深みに塡まって収拾がつかなくなってしまったのではないか、責任の強い男なので生きていたら必ず連絡してくる筈である、と時間稼ぎをして待った。しかし、当然のことながら、正字からの連絡がないので、一同、正字が外出中に不慮の死を遂げたという結論になった。そこで、関係者に正字が急病死したと伝えた後、巡見使一行は対馬へ旅立ったのであった。

その後、半月余りしてこの処置を知った対馬藩、三浦貞右衛門は正字の死亡報告とそのために支障を来たすことなく巡見が進行していることを公儀に通達した。

◉江戸から榛名へ

宝永七年（一七一〇）五月二十二日、正字を乗せた船は、風本から、一度、相島に寄った後、本州の下関の港に到着した。正字は幕府から送られた通行手形の持ち主、大山庄衛門高正に成り済まし、港の関所を通関した。正字は江戸までの帰路には天候に左右されない陸路を選択することにした。六月末までに公儀へ出頭せよとの公儀大目附の命令であったので、帰路の途中、諏訪に立ち寄り、忠輝公の墓参をして江戸に到着することにした。

山陽道を東に進み、安芸、広島、岡山、姫路の城下に立ち寄り、六月五日には大坂に到着した。大坂からは京街道を進み、守山、枚方、淀、伏見を通過して京都へ到着した。京都ではかつて近畿巡遊の際に泊まった笴屋町の大和屋へ宿泊した。二日逗留する間に、正字は、再び、愛宕神社に参詣した。参詣するうちに正字の脳裏に明智光秀が浮かぶのであった。光秀は織田信長を本能寺に襲撃する前に戦勝を祈願し、愛宕神社の威徳院で「愛宕百韻」と称する連歌の会を催した。十五句の連歌の中で、光秀は、

ときは今あめが下知る五月かな

の発句を詠んでいる。この句は「諸葛孔明の出師表《すいしのひょう》にある、今や天下三分、益州疲弊し、此れ危機存亡の秋なり」をふまえた句で、正字は光秀の教養の深さに感心するのであった。この連

歌会に参加した連集《れんじゅ》の句も、古今集、万葉集、源氏物語、古事記等の古典をふまえた句で応えている。源氏の末裔である光秀が平氏の末裔である信長を打倒する意気に満ちている。しかしながら、光秀の形勢判断は軽率であった。信長を嫌う京都の公家連や信長を恐れていた四国の長宗我部元親等の勢力を過信して、彼等の先鋒となって短慮に走ったのである。才ある光秀が時勢を判断して行動していれば、名将として名を成したかもしれない、と正字は惜しむのであった。

正字の思いは、さらに、飛んで行く。

（甲斐の武田氏を滅ぼした織田信長は、三ケ月後に本能寺で明智光秀に討たれ、十数日後には、その明智光秀が羽柴秀吉に山崎で討たれた。光秀が討たれたとき、堺にいた我が祖父、徳川家康公は土民の一揆にあって難渋したが、伊賀越えして帰国し、一命を取り留めた。その家康公が天下を取ることになるとは……）

正字は思い出の多い京の町を楽しんだ後、東海道を、鈴鹿、一宮を通って岡崎へ到着した。岡崎から伊那（信州）街道に入り、最初の宿は、尾張徳川藩家老、成瀬家の本家発生の地、足《あ》助《すけ》にある香積《こうじゃく》寺《じ》の宿坊であった。成瀬家本家の居城、足助城が夕日に映えて美しかった。

そのあと、正字は駒場宿、飯田宿を経て昔懐かしい有賀峠を越え、六月十二日に諏訪に到着した。公儀命令書に従って高島城、貞松院への訪問は控え、松平忠輝公、並びに、母と叔母夫婦の墓参のみを済ませて二日後には甲州街道を経て江戸へ旅立った。途中、甲斐の国を通過中、天和二年の駒込大円寺からの大火で芭蕉庵が類焼し、谷村の高山麋塒《びじ》宅で仮住まいをしていた芭蕉を訪ねた時のことを思い出しながら歩を進めるのであった。江戸へは六月二十日に到着し、何はさておき、江戸城の寺社奉行所へ出頭した。

正字が帰国を告げると、直ちに寺社奉行のもとに通され、奉行からの挨拶があった。

「遠路を恙無く御帰国の様子何よりです。お疲れでしょうから、一両日、当所にてお体を休められてから次の段取りにお進み下さい」

正字はこの言葉に対して、

「お気遣いのこと、有り難う御座います……体の方は至極元気で御座います。次の仕事の前に時間がございましたら、妻子に会って参りたいと存じます」

「そのお気持ち、よく判るのですが、公儀からの指令を全うするのが第一でありますから、こちらの計らい通りにお願いします」

正字は寺社奉行の指示に従って城内の宿泊室に赴き、示唆されるまま、湯殿で入浴して旅の疲れを休め、運ばれてくる料理を食すより他はなかった。翌朝、奉行所の用意した新たな衣裳を着装し、朝食を終えたとき、奉行所控えから、次の達しがあった。

「幸いなことに、公方様のお時間に余裕ができましたので、謁見なさって下さい」

正字はびっくりするばかりで、将軍からどのようなお言葉があるかと思案しつつ、案内人のをかけた。

後に続いた。六代将軍、家宣の座する奥の間には側近の武士が数人おり、その一人が正字に声をかけた。

「どうぞ、上様の近くへお進み下さい」

「はい、……ところで、どのような理由で私のような者が公方様に拝謁する次第になったのですか」

「それは、上様のお言葉を賜れば、直ぐ判ることです。私共は別室へ控えます故、どうぞ、御ゆるりと、お話し下さい……」

と、白石等側近一同は席を外した。正字が俯いていた顔をやや上げた時、家宣から声がかかった。

「今日この時のあるのを楽しみにしておりました。私も前から気にしていたことでしたが、白石がよう調べてくれたお蔭で……この度の九州へ旅立った巡見使一行の中に貴殿がおることを突き止めてくれたのです」

「白石とおっしゃいますと、新井白石殿ですか」

「そうです。先ほど、貴殿に話しかけていた者です」

「御拝謁を賜り、光栄に存じ上げます……」

と、答えながら、正字は、もしかしたら、父、忠輝と自分との関係を将軍が気付いたのではないか、と思いつつ、家宣の答えを待った。

「貴殿の父上は、松平忠輝公であると聴いておりますが……」

正字は推測の正しかったことに満足し、一瞬、顔を赤らめながら、

「はい、仰せの通り、忠輝公が諏訪においでのときに生まれました不肖の子であります」

「と云うことは……我が祖父、家光公と貴殿とは従兄弟に当たられるのですね……」

「はい、恐れ多いことでありますが……」

「忠輝公は武芸の優れた方だったと伺っておりますが、貴殿もその血筋を引いておられるでありましょうな……」

「忠輝公のお歳を召してからの生まれで御座います。公からは、戦乱のない時代に相応《ふさわ》しい、勉学の道を励むようにと諭されました。お亡くなりになる前にお会いしたときには、諸藩の平和の維持を図る徳川政権に微力を尽くすようにとのお言葉を賜りました……それがし、神道師としての道を歩み、御公儀からのお役も賜り、勤めて居ります」

「水戸の光圀公は、貴殿にお会いなさったと聴いておりますが……」

「はい……その挙げ句、彰考館の大日本史編纂の史料収拾の一役も勤めさせて戴いております」

そこで、家宣は白石を呼び、正字の岩波家に増禄をするように告げるのであった。

正字は将軍のもとを辞する前に、新井白石の提案する朝鮮通信使の儀礼様式の改革が順調に行われるには対馬藩等の九州諸藩への一層の説得が必要である旨を奏上すると、白石は、頷きながら、家宣の方をちらと向き、同意を求めるように、

「岩波殿の御炯眼《けいがん》には恐れ入ります。先に可決されました国外者に対しての改正儀礼案を各藩

が遵守するよう、殿から重ねて命令戴ければ、幸いに存じます」

家宣との接見を終え宿舎に下がった正字は寺社奉行に面会し、自宅への帰還を願い出た。すると、寺社奉行は、

「公儀の見解としては、巡見事業に支障がないように貴殿を江戸へお帰ししたい意向でしたので、貴公を別人になりすませて帰国して戴きました。ところが、巡見使一行が行き過ぎた処置をして、貴殿が急死したと対馬藩に伝えて仕舞いました。対馬藩は、真に受けて公儀をはじめ九州の他藩にこのことを通達してしまったのです」

「はあ……」

「おまけに、対馬藩は、旅先での貴公の死去の知らせばかりでなく、貴公が風本の宿に残してきた所持品を貴公宅へ送りつけてしまったのです」

「家族は私が壱岐で死んだと信じている訳ですね」

「貴宅から公儀にそのことで問い合わせがありました。公儀としては、貴殿には申し訳ないことですが、対馬藩のしたことが便宜上の措置であった、と云う訳にはいかず……この件に対する諸藩の熱が冷めるまでお待ち戴くほかはないのが現状です」

正字のしょげた顔を見た寺社奉行は、

「何れにしても、公儀閣僚の浅慮の指令がこのような結果になってしまいました。従いまして、

公儀としては、貴殿の御家族へは、それなりの十分な配慮を致す所存であります」

九州巡見から帰国次第、諏訪高島藩の江戸詰藩士、二木村右衛門延信《のぶあきら》を岩波家へ養子として迎え、正字の娘、礼と婚礼を挙げる段取りであったので、

「婿養子の件、既に、御公儀の御許可を戴いております」

そこまで言い終えた正字は、我が家の目出度い儀式に立ち会えなくなる自分の立場を考えると、胸が騒ぐのであった。

（私は礼という女性との廻り合わせが悪いのであろうか。伊勢長島の松平藩の礼様とは、死に別れになるし、娘、礼とは生き別れにならなければならない。御公儀は、時間が経てばどうにかなる、といっているが、岩波、二木の両家の立場を考えると、もう、私はこの世から失せた生活を送った方がよいのではないか。それにしても、娘の婚礼だけはこの目で確かめたい）

江戸城内に閉じ込められた正字は、これまでの見聞に刺激され、神道の歴史に始まって、神道と仏教との習合の経過、これに関与する我が国の武家の発展、そして、最後に天下を統一した徳川家による公儀の成立を自己流に纏めようとしたのである。毎日続く読書三昧の生活の合間に、庭に出て、呼吸を整える時もあった。その時、ふと、幼少の頃、諏訪において習い始めた弓術を思い出し、城内の射的場に足を運ぶのであった。射的に向かって矢を射た時の快感が蘇ってくる。射弓の技量は、思った程は衰えておらず、続けるうちに、夢中になり、気を紛ら

わすには十分であった。

壱岐の島からの正字の死亡通知が江戸に届いて、四十九日の法要が過ぎ、秋の気配を感じ始める九月二〇日に二木家と岩波家の婚礼の儀式が行われた。婚礼に参加できない正字は、変装して見物人の群れに混じり、礼の花嫁姿を婚礼の行列の中に見出し、思わず、涙するのであった。正字は去りがたい気持ちを押し殺し、家族に気付かれないように、その場を立ち去った。

公儀の宿舎に戻った正字は、再び、江戸城内での生活が続いた。古典の勉強に精を出し、疲れると、射的場に出かけて弓を射る日々を送っていた。時として身の行く末を考えることもあった。

（幾年《いくとせ》か経たならば、もしかして、家族と再会することができるかもしれない。しかし、御公儀の立場を考えれば、自分は勿論のこと、家族もしかるべき制約を受けるに違いない。辛いことが生ずるだろう。私も既に六十を超えており、あの世へ行っても少しもおかしくない齢である。この際、人知れぬ地へ赴き、残り少ない余生を燃やし尽くすのが、私にとっても家族にとっても最善の策ではないだろうか……）

宝永から正徳に年号が変わり、正徳二年に江戸で流行風邪《はやりかぜ》が流行し、将軍、家宣にも難が及び、側近達による鶴岡八幡宮、鹿島大明神、駿河浅間神社など霊験あらたかな諸社への病魔退散祈願も報われず、十月十四日の丑の刻（午前二時）に六代将軍、家宣が逝去した。正字は沈痛な思いで自室に自粛する生活を続けていたところ、翌正徳三年四月二日に家宣の三男、家継が五歳で七代将軍の座についた。幼い将軍はこれまでの側用人、間部《まなべ》詮房《あきふさ》とその信任の篤い新井白石とにより支えられるというので、ひと安心する正字であった。

正字はこの段に及んで余生を如何に処すべきかを真剣に考えるのであった。

（家族から離れ、大権現、家康公と我が父、忠輝公の御霊を守るべく、諏訪にある、我が父、忠輝公の墓所から鬼門、丑寅「東北」の方角で、大権現、家康公の眠る日光の墓所からは裏鬼門即ち、未申「南西」の方角に当たる地に赴き、残りの我が身命を徳川家の弥栄《いやさか》に捧げたい）

遂に、正字はその地を見出した。榛名山である。

正字が榛名で余生を送りたい旨を寺社奉行所に伝えると、大山庄衛門高正を名乗り、身分が判らないように行動するという条件で、許可が得られた。榛名神社が徳川家菩提寺の上野寛永寺の管轄下の寺社である点が幸いした。奉行所からは、榛名へ到着したら榛名神社の社務所へ出頭するように、との念を押された。

正徳三年（一七一三）朔八月一日、正字は身支度を整え、江戸を出発し、中山道を北上した。正字の俊足は還暦を超えても衰えはなかった。板橋、蕨の宿を経て武蔵、大宮の氷川神社に参拝した後、上尾、桶川、鴻巣、そして、熊谷を過ぎ、本庄まで行って御朱印二十五石の代用本陣、安養院に宿泊した。翌朝、七つ立ちして、新町、倉賀野、高崎、そして、板鼻を越えて安中まで行って泊まった。八月三日と四日は安中に滞在し、榛名近辺の状況を調べ、八月四日朝、榛名山目指して山道を登った。榛名川に沿い、天狗岳を右手に、朝日岳、夕日岳を左手に見て進み、随神門を越えて参道を進む。榛名川に架かるみそぎ橋を越え、右手に千本杉を、左手に矢立杉を望みながら進むと、神社の神門に達した。先ず、神社内の双竜門を通過し、岩場をくり抜いて建てた神社本殿に到達した。神社に参拝してから社務所へ立ち寄り、幕府の指定通りの名を語らって、江戸から来た旨を伝えると、神主が変名の正字に告げる。

「大山殿は当社近くにお住まいの予定と承っておりますが、時々、社務所へ御出頭下さい。幕府との連絡事項もありますの

榛名神社隋神門

で……」

正字はその足で神社を取り巻く宿坊を訪ね、御師《おし》に面会を求めた。土産物を取り出し、彼等の前に差し出し、質《ただ》すのであった。

「神道師の資格を持つ者ですが、当方考えるところがあって、残り少ない我が生涯をここ榛名で全うしたく参りました。神社の周囲にこの身を託すような住まいが御座いませんでしょうか……誰も住まない洞穴のようなところがあれば、お教えください」

この発言に御師達はしばらく騒然としていたが、一人の老御師が答えた。

「このあたりの山間《やまあい》には多くの岩窟があり、その中には浮浪者が住んでいるものもあります。貴殿が実地に訪ねて、先住者と争いがないようになさってお住まい下されば、私ども御師は何もいうことはありません」

と答え、さらに、

「榛名周囲には四十八岳があり、本殿のうしろに地蔵岳、榛名川の向こうには天狗岳と並ぶ薬師岳をはじめ、山伏岳、鎧岳、観音岳、葛籠岳等があり……」

と指さして、至る所に岩窟があることを正字に告げるのであった。

御師と別れた正字は、榛名川を挟んで天狗岳とは反対側にある朝日岳に向かった。中腹に大きな岩山がありその奥に岩窟が見える。正字は小走りに岩山を越え岩窟に入ってみると人影がない。

（まずは、ここに落ち着くことにしよう）

と、肩の荷を下ろした。岩窟から出て付近の茶屋に行き、茶碗、箸、鍋等の生活用品に加え、数枚の筵《むしろ》を購入した。

それから、正字の岩窟での生活が始まった。日中は、天気さえよければ、あたりを歩き回った。朝と夕に岩窟の片隅で火を焚き、摘んできた山菜と雑穀を鍋で炊いて食した。腹が満たされると、岩窟の隅に敷いた筵に伏して寝た。服装は、六部《ろくぶ》（巡礼）に似た衣装を好み、汗で汚れると、岩窟の傍を流れる小川で洗い、気が向くと、体も洗った。大小便も同じ小川で足せば、なんということはなかった。

楽しみは、榛名山の東北の方角に、赤城山、男体山、白根山を望みながら山道を疾走した後、近くの伊香保温泉に浸ることであった。心身共に清浄な気持ちになると、日光の東照宮におわします大権現家康公と諏訪に眠る父、松平忠輝公の冥福を祈るのであった。

（戦乱がない泰平の穏やか毎日が続きますように）

それから、三年の間、正字は、山麓の岩窟の住まいをいくつか変えたが、晴天の日は山並みを歩き廻り、雨天の日は読書に励み、気ままな生活を送っていた。そして、正徳六年四月二十八日に、正字が神社社務所に立ち寄った際、公儀筋からの報告を受けた。七代将軍家継公が肺の病で病床に伏したという知らせである。

その直後、正字が神社参道を下って隋神門のあたりまできたとき、二人の旅人に急に呼び止められた。

「岩波殿……岩波正字殿では御座らぬか」

正字は、一瞬、ぎくっとして、相手を見つめるうちに思い当たる人物が浮かんだ。地理学者、関祖衡と並河誠所である。しかし、自分の生きていることを知られてはまずいと気付くと、なにくわぬ顔をして、

「旅の方々……山道にお気を付け下さい。蝮がおりますでな……」

「そのお姿から察しますに、神道の道を究められた方と拝察いたします……」

「当地に住まうただの修験者です……お見かけしますと、お疲れのようにも見受けられますが」

「少しばかりは……はあ」

「道中、腹が空いては、何事も達せられません。ひとつ、召し上がってみては……」

と、袖の下から石のように固まった小片を幾つか取り出し、松の落葉で焼いて彼らに差し出すと。両人は美味しそうに平らげるのであった。

「この餅は天狗餅と申して……山野を散策するときの非常食として所持しておるのです」

若い方の並河誠所が、更に、訪ねる。

「翁は、どのような修業をなさって、そのような境地に達せられたのですか」

「何もしとりません。無欲で独り寝の毎日です……」

榛名山

「お住まいを拝見したいものです……」

と問いかけると、

「特別の住まいはありません。四季折々、気が向いた岩窟に移り住みます。ご興味がおありでしたら、今暮らしておるところをお見せしましょう。私に付いておいでなさい」

と答え、向こうに見える山麓めがけて颯爽《さっそう》と走り出した。

二十間も行ったところで旅の両人は正字に付いて行けなくなるのであった。正字が言う。

「ここで音《ね》を上げるようでは、この先の山道を登るのは、無理ですな」

今度は、関祖衡が答えて、

「私等は、今しばらく伊香保の湯に滞在しております。次にお会いしたときに、貴殿のお住まいに伺うことにしましょう」

すると、透かさず正字が言う。

「そのようなお積もりかもしれませんが、多分、お会いできないことになるでしょう」

老人から予期せぬ言葉を聞き、解せぬまま二人は別れた。ところが、二日後、関祖衡と並河誠所の二人は江戸から七代将軍、家継が亡くなったとの通知を受け、江戸へ帰還せねばならなくなったのである。ようやく洞窟の老人の言ったことを理解すると同時に、公儀の事情に通じている正字らしき人物に驚嘆するのであった。


六月に入り、正字が榛名神社の社務所へ立ち寄ったときは、家継亡き後の、次期将軍は未だ決まっていない、との報告であった。そこで、公儀からの報告を伝えることで既に顔見知りになっている神主が正字を捕まえて噂する。

「家継公には直系の御子息がおられません。そうなりますと、尾張か紀伊の徳川家から次期将軍が選ばれますでしょうな……家宣公の御正室、天英院様方は紀州徳川家の吉宗公を推薦されておられるようですが、側用人の間部詮房殿は家継公の御母堂、月光院の味方を得て、尾張の徳川継友公を担ぎだそうとなさっているとの噂です」

「いずれが有力なのでしょうか」

「私どもには、さっぱり判りませんが、尾張の義直公が三代将軍、家光公の病気お見舞いに駆け付けようとしたとき、天下を乗っ取りかねない行為と誤解されて以来、御公儀は尾張家を忌避しているとのことです」

正字は、一瞬、父、忠輝公を思い浮かべ、

（もし、忠輝公が災難を蒙ることなく、一家を立てておいでだったら……もしかして、忠輝公の子孫が将軍を継いでいたかもしれない……）

と、想像するのであった。

八月になり、正字は、再び、公儀からの通知を受け取った。八代将軍は紀伊徳川家の吉宗が継承し、側用人、間部詮房と新井白石が退き、側用人改め、側用取次に有馬氏倫と加納久道が選ばれたとの知らせであった。榛名神社の神主が苦笑いしながら、

「大山殿、世間では噂しておりますよ……京都出身の天英院と江戸出身の月光院の戦いは京都に軍配があがった……と」

正字は答えることなく社務所を引き上げた。やがて、地蔵岳山麓の岩場に腰をかけ、もう一度、公儀からの通達書を広げてみるのであった。通達書の末尾に、正字の巡見使としての功績により娘婿の岩浪延信が寺社奉行所の役職を得て増禄された旨が記されている個所に目をやり安堵の胸を撫で下ろし、心の中で快哉を叫ぶのであった。

（権現様も、忠輝公もあの世から見守っておいでのことである。吉宗公、治世に一段と御力を発揮して下さるよう、お願いします）

それから以後、榛名神社の社務所では勿論のこと、榛名周辺で正字の姿が全く見られなくなった。

『俳人曽良の生涯』正誤表

頁	行	誤	正
13	10	周囲は三里近く	周囲は四里近く
45	1、2、3、7、8	青桃	桃青
68	6	宝の八島	室の八島
90	10	蚶満《しょまん》寺	蚶満《かんまん》寺
93	8	任和七年（八〇五）	貞治二年（一三六三）
93	9、11、17	弘知法印	弘智法印
98	13	伊那上野	伊賀上野
119	9	満福寺	萬福寺
124	15	御室《みむろ》	御室《おむろ》
126	12	信相院門跡	実相院門跡
128	9	符屋待ち	符屋町
128	14	小原	大原
175	15	網を巻いて	綱をまいて
176	7	網敷天神	綱敷天神
176	7	麻網	麻綱

参考文献

諏訪忠輝会「松平忠輝」昭和三十年（昭和六十二年復刻）
諏訪忠輝会「松平忠輝公に関する諏訪藩における迷夢」昭和三十八年
柳平千彦「すわ歴史散歩」諏訪文化社　一九八三年七月
白石悌三・中西敬「曽良年譜」雑誌大白　昭和三十四年六月号
村松友次「謎の旅人　曽良」大修館書店　二〇〇二年
原博一「旅びと曽良の生涯」長野日報社　二〇〇三年
松尾芭蕉（穎原退蔵・尾形仂訳注）「新版　おくのほそ道」角川ソフィア文庫　角川学芸出版
平成十五年
光田和伸「芭蕉めざめる」青草書房　二〇〇〇年
嵐山光三郎「悪党芭蕉」新潮文庫　新潮社　平成二十年
小山靖「熊野古道」岩波新書　岩波書店　二〇〇〇年
高野澄「熊野三山・七つの謎」祥伝社黄金文庫　祥伝社　平成十年
百瀬明治「高野山　超人・空海の謎」祥伝社黄金文庫　祥伝社　平成十一年
辰濃和男「四国遍路」岩波新書　岩波書店　二〇〇一年

中嶋繁雄「大名の日本地図」文春新書　文藝春秋社　平成十五年
笠原英彦「歴代天皇総覧」中公新書　中央公論社　二〇〇四年
大谷光男監修「旧暦で読み解く日本の習わし」青春出版社　二〇〇三年
歴史の謎研究会「陰陽道　安倍清明の謎」青春出版社　二〇〇〇年
鎌田東二「神道とは何か」ＰＨＰ新書　ＰＨＰ研究所　二〇〇〇年
立川武蔵「日本仏教」講談社新書　講談社　一九九五年
末木文美士「日本宗教」岩波新書　岩波書店　二〇〇六年
義江彰夫「神仏習合」岩波新書　岩波書店二〇一〇年

あとがき

この小説は、かつて証券界および理科学界ではたらいていた、栃本紀男と山田晃弘による共作である。両人は、経歴が大変異なるにもかかわらず、既知の資料に基づいて未知の事象を想定するために尽力する点が共通していた。そのような両人によって書かれた小説には歴史的資料を元に想定したいくつかの事象を含んでいることを承知して戴きたい。

「諏訪市歴史散歩」（諏訪市教育委員会発行）に記載されていた岩波庄衛門正字（曽良）の複雑な生い立ちに興味をいだいたのが事の始まりであった。曽良は、諏訪の商家の長男として誕生したにもかかわらず、養子に出され、元服後、伊勢長島へ移住し、武家諸法度の強化された時代に商人から武士になり久松松平藩に仕えるようになる。この生い立ちを解く鍵は曽良の実父が諏訪藩高島城に蟄居させられていた松平忠輝（徳川家康の六男）とすれば解消すると考えたのであった。

伊勢長島の久松松平藩の藩祖は忠輝の従兄弟、松平忠良である。当藩において吉川流神道師として身を立てる曽良はやがて江戸の吉川惟足道場に赴き、公儀（幕府）に仕官したと思われる。江戸において芭蕉および芭蕉の門人と親しくなり、「おくのほそ道」の芭蕉との旅では、外様大名家の政情を探索したが、それに加え、祖父、徳川家康を祀る日光東照宮に参詣し、父・

忠輝のかつての居城、越後高田城を見学し、異兄弟・徳松丸（岩槻藩）をはじめ、義母・五六八姫（仙台藩）、久松松平家出身の又従兄弟の息子・榊原良兼（越後村上藩）の墓参も果たしたのであった。

曽良が水戸藩の佐々介三郎と親しくなる切っ掛けは吉川道場で曽良と同門であった丸山可澄が水戸藩士であることに始まる。「おくのほそ道」の旅における曽良の隠密としての仕事ぶりが水戸光圀に評価され、大日本史編纂の資料収集に助力を請われたのであろう。

曽良は、姪の河西周徳により編まれた彼の句集「ゆきまるげ」により俳諧師としての業績を称えられ、芭蕉の「鹿島紀行」「おくのほそ道」の同伴者として評価されてはいるものの、芭蕉の弟子十傑にも入っていない。曽良の人生は俳諧師としてだけで終わったのではなかろうというのが、筆者等の考えである。

曽良は、文武の道に長けており、武道、弓道の修行をはじめ論語、和歌、俳諧の勉学に励み、さらに、薬草の知識まで習得しているが、とりわけ、健脚の特技を生かして多くの旅行を行った点を逃してはならない。筆者等はそのような人物として曽良の生涯を綴った。

地理学者、関祖衡と共に旅した、儒者、並河誠所の「伊香保道中記」に曽良と思しき人物と榛名で遭遇したとあるが、これに着想を得て本小説の末尾を飾った。また、曽良が終焉の地に榛名を選んだ所以は彼の学んだ風水の方位学によったとするのが当を得ていると考えた。父、忠輝の鎮座する諏訪（貞松院）と祖父、家康の眠る日光（東照宮）との中間地点が榛名であり、榛名は諏訪より艮（ウシトラ、北東）の鬼門の地、また日光東照宮より坤（ヒツジサル、南西）の裏鬼門に当たるのである。

終わりに、本小説の挿絵執筆で協力戴いた町田誉曾彦画伯、並びに、出版に当たっての助言を戴いた芦書房社長、中山元春御夫妻に深く感謝する。

高西桃三

平成二十七年四月

資料

家康と松平(久松家・伊勢国長島藩)との関係略系図

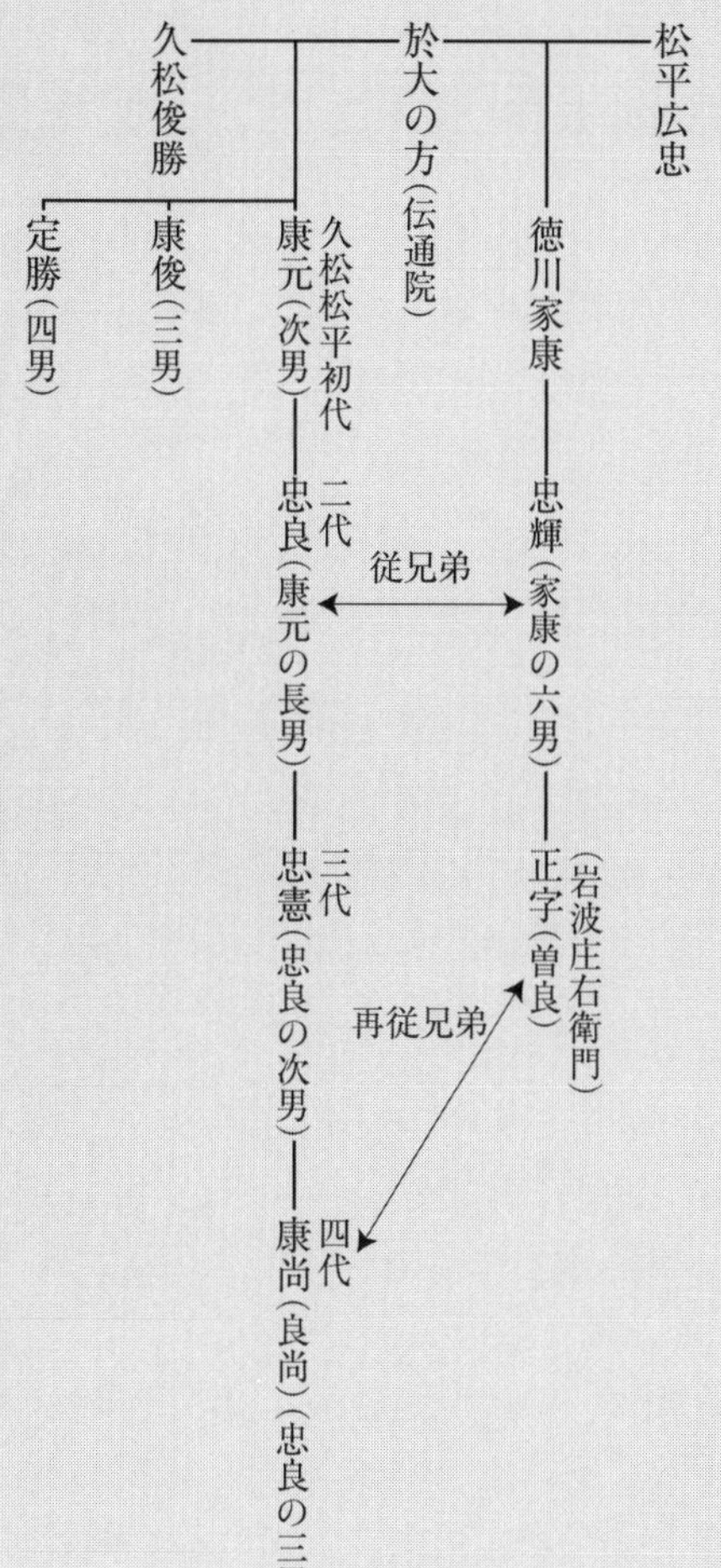

曽良の「おくのほそ道」行程図

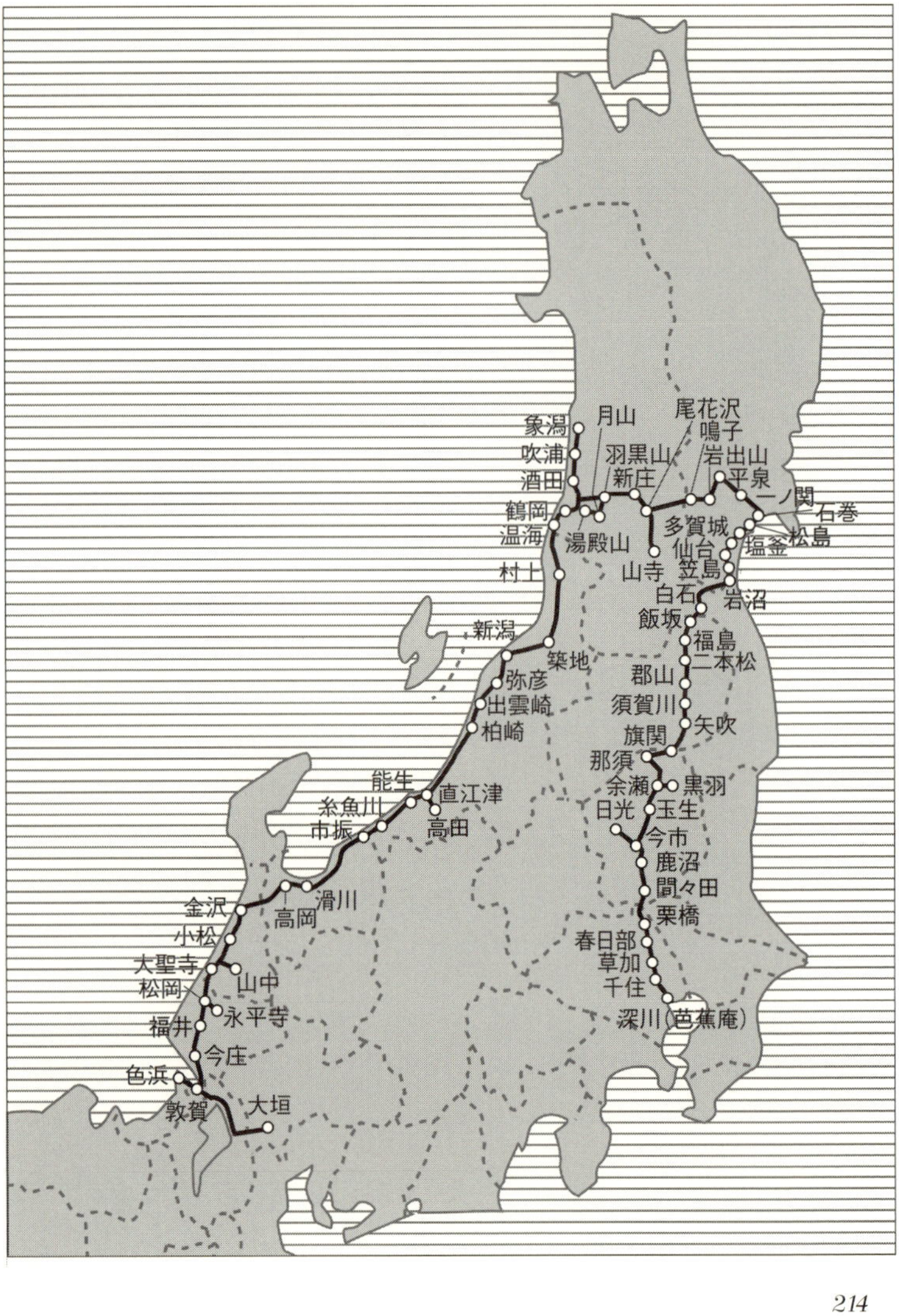

曽良の熊野行程図

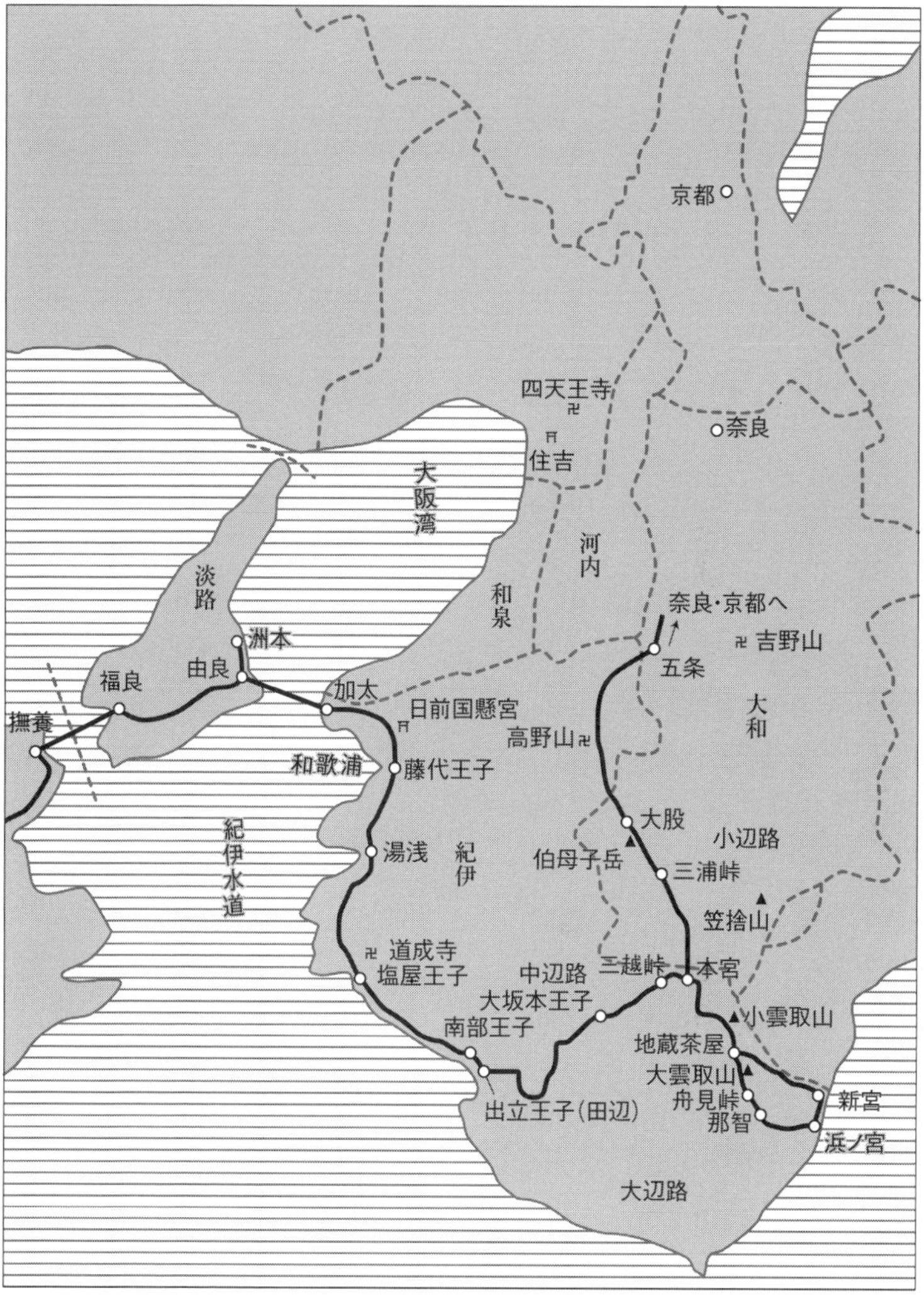

京都
四天王寺
奈良
住吉
大阪湾
河内
淡路
和泉
奈良・京都へ
洲本
吉野山
由良
五条
福良
加太
大和
日前国懸宮
撫養
高野山
和歌浦
藤代王子
紀伊水道
大股
小辺路
湯浅
紀伊
伯母子岳
三浦峠
笠捨山
道成寺
中辺路
三越峠
本宮
塩屋王子
大坂本王子
小雲取山
南部王子
地蔵茶屋
大雲取山
新宮
舟見峠
出立王子（田辺）
那智
浜ノ宮
大辺路

曽良の四国・山陽・九州行程図

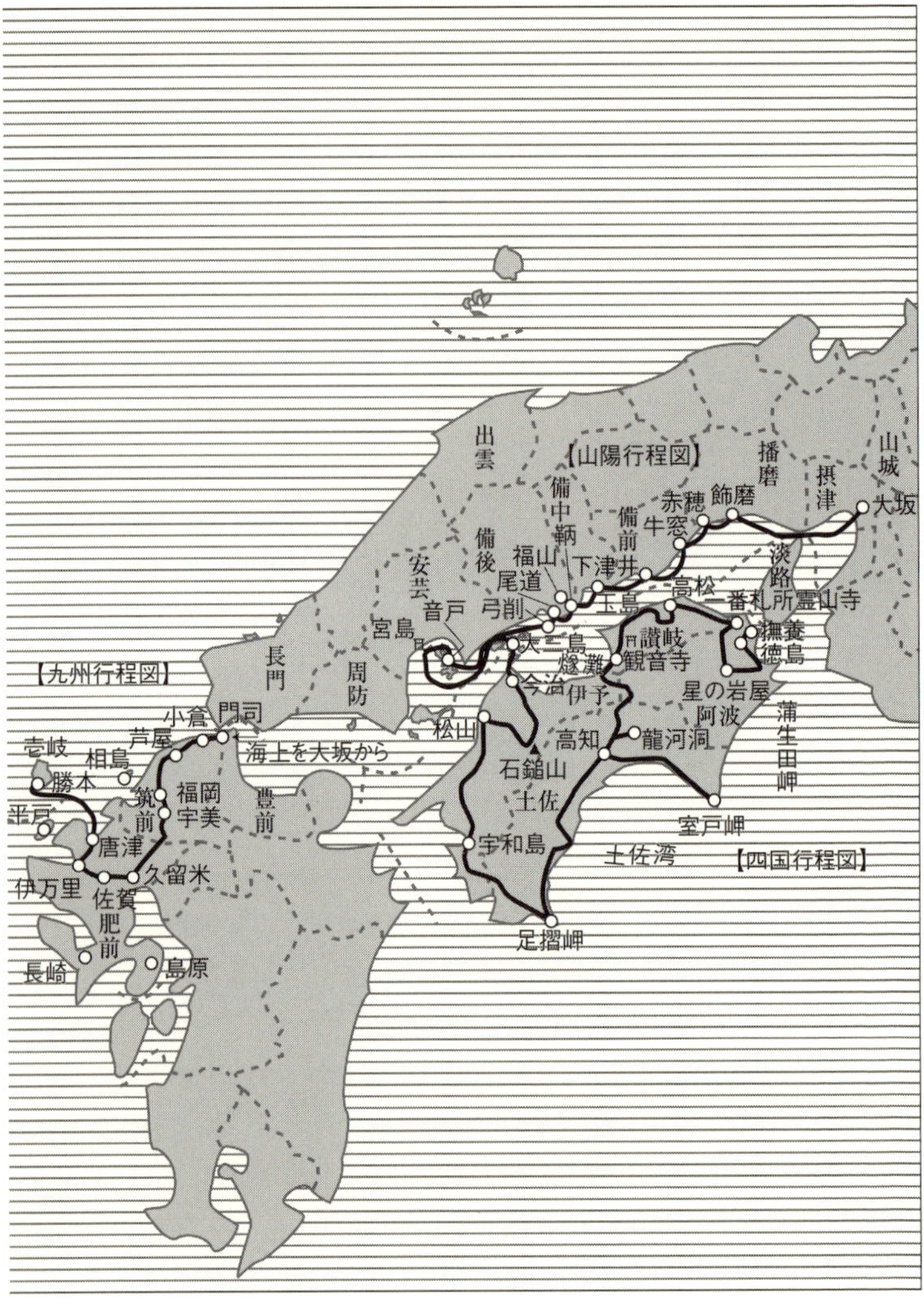

217ページ上の図を以下のように修正致します。申し訳ございません。

高島城・貞松院・岩波家の位置関係

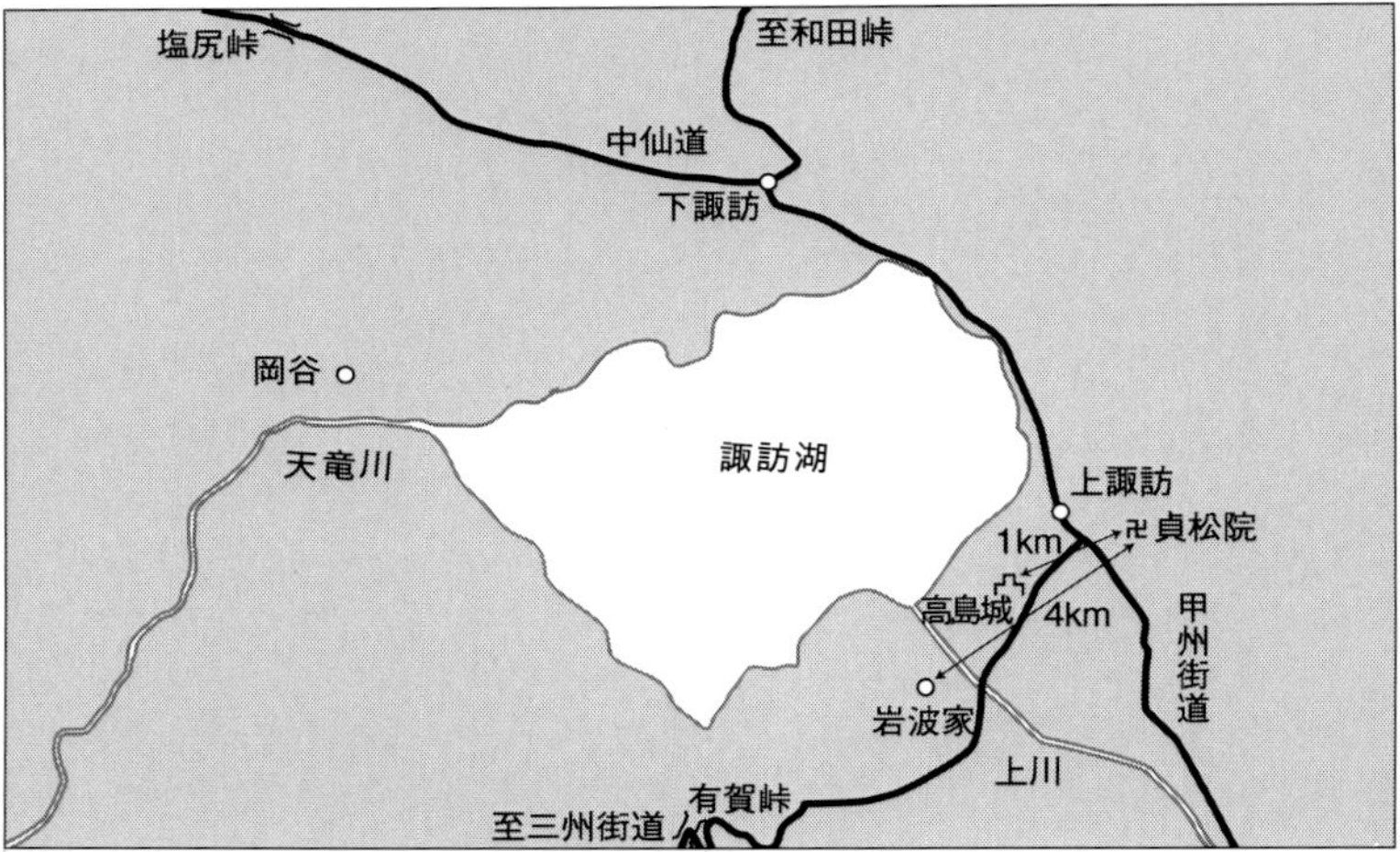

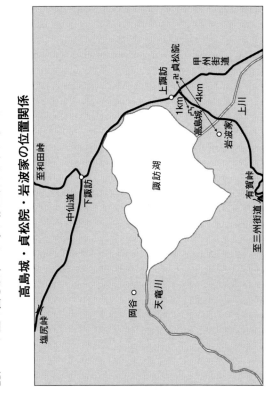

高島城・貞松院・岩波家の位置関係

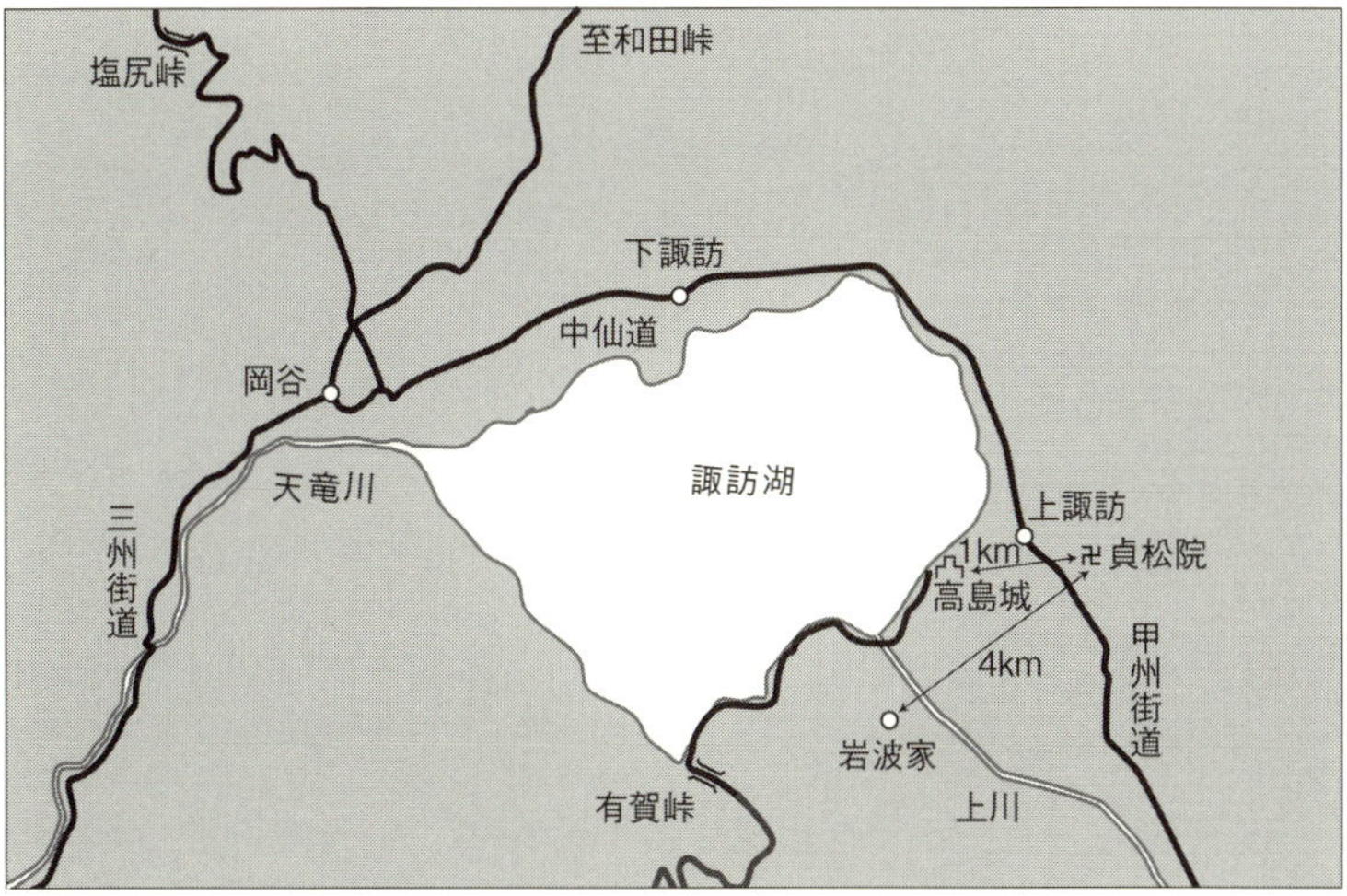

伊勢長島—大智院と長島城との位置関係—

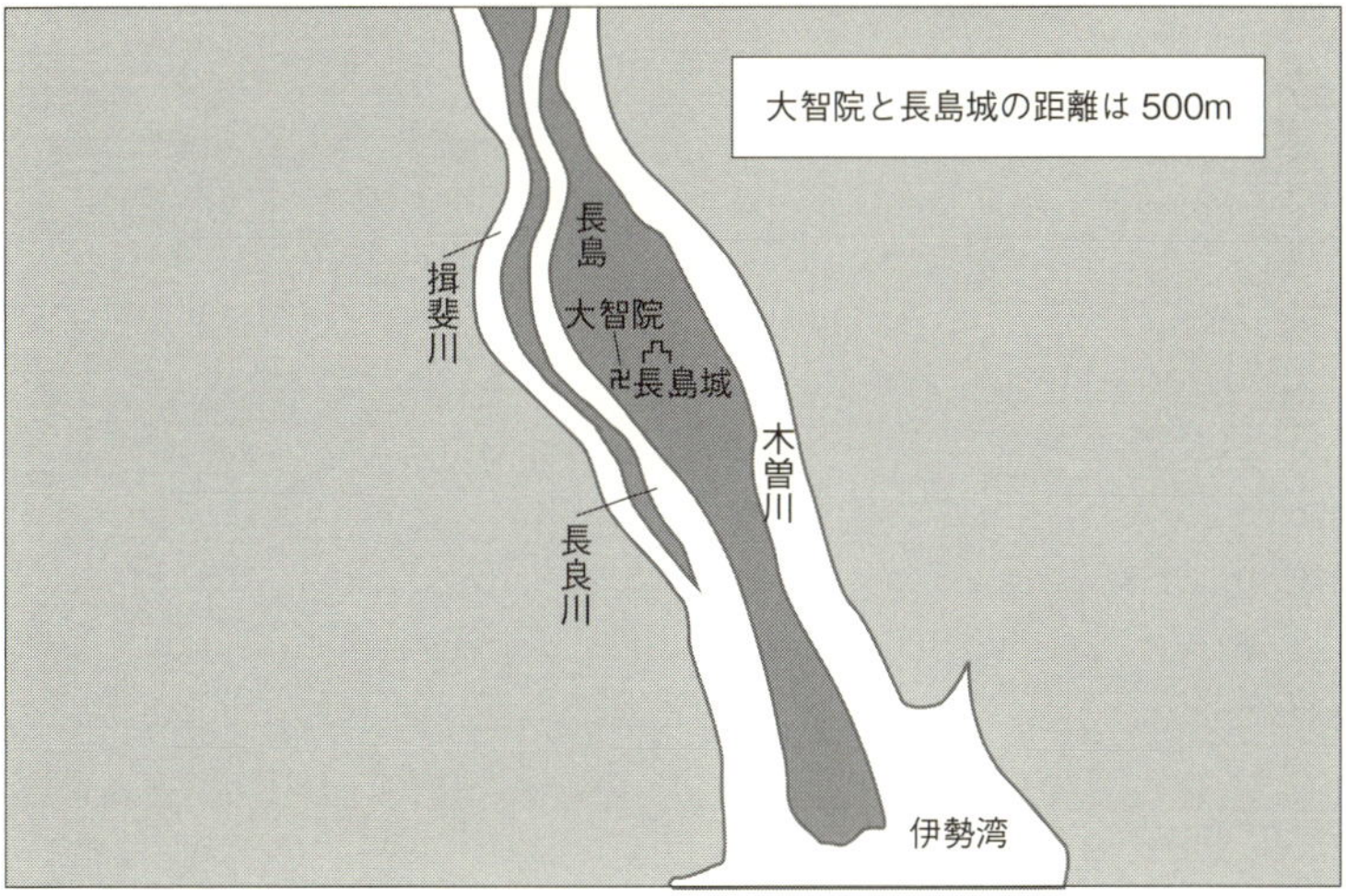

榛名神社の位置

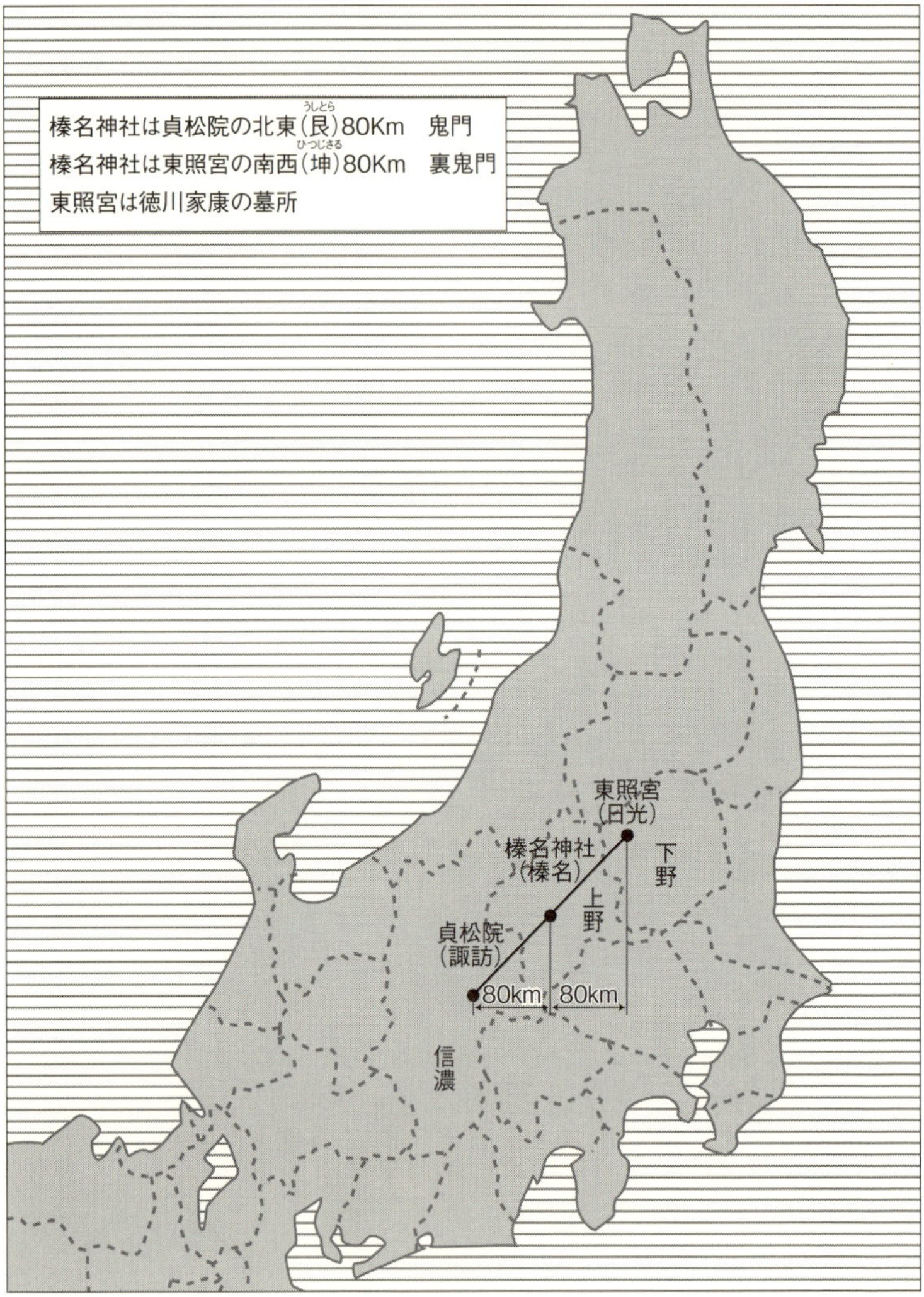
榛名神社は貞松院の北東（艮《うしとら》）80Km　鬼門
榛名神社は東照宮の南西（坤《ひつじさる》）80Km　裏鬼門
東照宮は徳川家康の墓所
東照宮
（日光）
榛名神社
（榛名）
貞松院
（諏訪）
80km
80km
下野
上野
信濃

俳人曽良の生涯

■発　行——2015年5月15日初版第1刷

■編　者——高西桃三《たかにしももぞう》

■発行者——中山元春

■発行所——株式会社芦書房
〒101－0048東京都千代田区神田司町2－5
電話03－3293－0556　FAX03－3293－0557
http://www.ashi.co.jp
■印　刷——モリモト印刷

■製　本——モリモト印刷

ISBN978-4-7556-1275-6 C0093